隠れ浪人事件控

悪徳掃除

喜安幸夫

学研M文庫

本書は文庫のために書き下ろされた作品です。

目次

一　果し合い

（一）

「ともかくだ、目立つのは困る。おぬしはなあ」

一ツ橋御門外の藩邸から小石川《こいしかわ》御簞笥町《おたんすちょう》に顔を見せた吉沢秀太郎《よしざわひでたろう》は、濡れた足で手習い処の敷居をまたぐなり言った。藩邸の奥深くで藩主の刀を預かる腰《こし》物方《ものがた》の言《げん》であれば、単なる警告や思いつきではない。まだ暑さが去ろうとしない、八代将軍吉宗《よしむね》の寛保《かんぽう》元年（一七四一）晩夏の一日である。

「なにしろ十五万石の命運が、おぬしの身にかかっておるでのう」

雨水のしたたる笠を手に言う吉沢秀太郎に、

――迷惑
喉元《のどもと》まで出てきた言葉を、秋葉誠之介《あきばせいのすけ》は舌頭《ぜっとう》に乗せることができなかった。

激情に駆られてとはいえ、藩が温暖な西国の播州姫路《ひめじ》から雪深い越後《えちご》の高田《たかだ》へ転封《てんぽう》となり、国替え行列の途中に脱藩したことを思えば、そう勝手なことは言えない。一行が琵琶湖畔にさしかかったとき免許皆伝の槍を一閃させ、藩がかたむく原因となった一人を葬《ほうむ》ったのだ。それにしても榊原家《さかきばら》〝十五万石の命運〟がこの身にかかっているとは、

「大げさではないのだ」

誠之介の表情を読んだ吉沢秀太郎は、先手を打つように言った。断言する口調である。しかも〝読み書き算盤《そろばん》　教授いたし候《そうろう》〟と認《したた》めた木札がかかっている玄関に訪《おとな》いを入れたとき、誠之介が「その水で」と足洗いの盥《たらい》を示したのを「いや、このままで」と謝辞し、草履《ぞうり》をふところに頭の笠だけ取り、泥だらけの足で三和土《たたき》に立ったまま話しだしたのだ。

人の心理の奥底を思えば、頷《うなず》けないでもない。江戸一帯はきのうまで二日間にわたって暴風雨にさらされ、どの屋敷も商家も雨戸を閉め切り、昼さえ夜のような暗いなかに過ごした。陰謀をめぐらしている者あるいは心労の種を持つ者なら、尋常ではない風と雨のなかにそれをことさら募らせたとしても不思議はない。けさになり雨脚《あまあし》はおとろえ風も弱まり、人々がようやく出歩けるようになったなかを、「ともかく」と吉沢秀太郎は秋葉誠之介を訪ねたのだ。藩邸

から小石川は一走りというような距離ではない。おそらく倍加させた胸中の不安に泥水をはね上げ、開口一番「ともかく目立つな」と吐いたのであろう。

　無理もない。出奔《しゅっぽん》した者へ藩主から上意《じょうい》討ちの命もまだ出ていないなか、各自がそれぞれに探索の手を伸ばしているのだ。しかも江戸藩邸の吉沢秀太郎が秋葉誠之介の居所を知ったのは、町家でおとなしく逼塞《ひっそく》しているのではなく、派手な立ち振る舞いからであったとなれば、その所在を自分の胸に秘匿《ひとく》しておくのは困難となる。そのうえ立ち振る舞いというのが、前《さき》の火付盗賊改方《あらためがた》の藤掛式部《ふじかけしきぶ》が伝家の刀と扇子《せんす》を紛失し、奉公人に罪をかぶせて内々に処理しようとしたのを粉砕し、さらに小石川で発生した辻斬りを町の住人たちに頼まれて捕縛の陣頭に立っていたとなれば、その噂《うわさ》のとどろく範囲は広い。

「自重されよ、目立たぬように、な」

　手にした笠から雫《しずく》をたらせ、湿った身で吉沢秀太郎はふたたび言う。だが秀太郎は小雨になったからと闇雲《やみくも》に出てきたのではない。手習い教授の木札がぶら下がる玄関口に訪いを入れたのは、手習い子たちが「お師匠、またあした」と裸足《はだし》で引き揚げ、

（この生活《たつき》、まんざらでもないのう）

と、静かになった部屋で誠之介が独《ひと》り感慨にふけっている、昼八ツ（およそ午後二時）を少々すぎた時分であった。

「脱藩した身であっても藩の行く末を思い、暫時《ざんじ》おとなしくしておられよ。それがおぬしのためにもなるのだ。慥《しか》とお頼み申しましたぞ」

言うと秀太郎は誠之介の返事も聞かぬまま笠の紐《ひも》を結びはじめた。

北国へ国替えとなったあと、藩に内紛が生じているであろうことは誠之介にも十分想像できる。自分の琵琶湖畔での行為がそこに一石を投じるものであったことも自覚している。それを思えば、逼塞しているのがいまの暮らしを守る道かもしれない。

だが、気さくで腕が立ち、しかも義憤に燃えやすい侍が町内に引越してきたとあっては、まわりの住人は放っておかない。藤掛屋敷の事件に巻き込まれたのも、小石川御箪笥町に越してきた当初、最初に住みついた裏長屋の住人の所業が発端だったのだ。辻斬り犯人を取り押さえたのも、町内の住人からこぞって頼りにされたからだった。秀太郎と話しているこの間にも、町内では誠之介を必要としている揉め事が発生しているかもしれない。そうなれば、やはり誠之介は脱藩した藩より眼前の町内に重きを置くことになろうか。だが藩も、誠

之介の存在が鍵となる事態を抱えている。しかも、

――十五万石の命運が
そこにかかっているのだ。

「ふむ」

玄関の板敷きに立ったまま誠之介が頷《うなず》いたのへ、

「前にも言ったとおり、藩邸では手分けしての探索でな、さいわい小石川を担当しているのがそれがしゆえ、当面は事無《ことな》きを得ているがのう。ともかく目立たぬよう、お願いし申す」

きょう初めて秀太郎はニッと笑みを見せた。

「うむ」

誠之介はまた頷いた。江戸藩邸で腰物方《こしものがた》に就《つ》いている吉沢秀太郎が、藩邸内のいずれに与《くみ》しているか当人が明かしたことはないが、どうやら敵でないことだけは確かなようだ。二人とも三十がらみで、筋肉質の体軀《たいく》にも似たところがある。

その秀太郎の裸足《はだし》で泥道を踏む音が手習い処の玄関先から遠ざかった。

「なにも好んで目立とうとしているわけではないのだが」

呟《つぶや》き、玄関の板敷きから十二畳の手習い部屋に戻り、

「ん？」

すぐに振り返った。泥道を踏む足音がまた玄関先でとまったのだ。子供の足音ともさきほどの吉沢秀太郎のものとも異なる。

「へっへっへ。ようござんすねえ、ここは」

歯切れのいい口調は、無頼《ぶらい》の弥市《やいち》だった。誠之介が小石川に越してきた当初塒《ねぐら》を置いた裏長屋の住人で、二十歳《はたち》ほどか渡りの中間《ちゅうげん》をおもての生業《なりわい》としている。行列の先頭で毛槍を持たせれば抜群の冴えを見せるが、普段は博打《ばくち》に興じるなど日々を刹那的《せつなてき》に生きている遊び人と言ったほうが当たっているかもしれない。刀と扇子の一件は、この弥市が武家へのからかい気分から紺看板《こんかんばん》に梵天《ぼんてん》帯《おび》をきちりと決めた中間姿で藤掛屋敷に紛れ込み盗み出したのが発端だったのだ。その結果、高禄旗本の藤掛式部は屋敷無用心の恥を天下にさらすことになり、諸人《もろびと》は溜飲《りゅういん》を下げたものだった。それに弥市は、長屋住まいが初めてというよりも江戸に出てきたばかりの秋葉誠之介の生活指南を任じ、事実もまたそうであった。その流れのなかで誠之介は泥棒事件にまで巻き込まれたのだが、
終わってみれば、

「——ふむ、市井《しせい》に生きるのもなかなか面白いものだのう」

などと呟き、恐縮する弥市を有頂天にさせたものである。その裏長屋は誠之介が現在《いま》いる手習い処とおなじ小石川御箪笥町で、角を一回まがっただけのところにある。晴れた日ならともかく、弥市はまだ雨の熄《や》んでいないなか笠を頭に載せ単衣《ひとえ》の着流しを尻端折《しりはしより》にし、わざわざ顔を見せたのである。

（また何かあったか）

思いながらも、

「ここをよござんすとは、裏長屋と違って雨漏りがしないからか」

「いえ。手習いの師匠ってのは、こんな日でも商《あきな》いの素《もと》が向こうからやって来るってことでさあ。きのうおとといはむろん、きょうも棒手振《ぼてふり》の物売りなんざ長屋で泣いてますぜ。あっしも同様でやすがね」

言いながら盥の水でくるぶしまで泥にまみれた足を洗い、尻端折のまま板敷きに上がってきた。

「ははは。手習い子たちが商いの素か。おまえとは宗旨《しゅうし》が異なるようだ。雨の日はなにか？　賭場《とば》も休業か」

「ま、きのうまでの大雨に風でさあ。きょうも小雨にこのぬかるみじゃ、ここと違ってお客は集まりませんや。それよりも旦那」

弥市は十二畳部屋に入って腰を下ろすなり、誠之介に視線を据《す》えた。やはり話があって来たようだ。誠之介も文机《ふづくえ》に両肘《りょうひじ》をつき、

「ふむ」

上体を弥市のほうへかたむけた。

「さっきね、ちょっと腹が減ったもんで遅ればせながら昼めしを喰いに、笠をかぶって街道の煮売り屋まで出たんでさあ」

街道とは武州川越《ぶしゅうかわごえ》から江戸北郊の板橋宿《いたばししゅく》まで延びている川越街道のながれで、板橋宿の近くから江戸城北側の町並みへとつながっている往還《おうかん》である。小石川の街並みはこのながれの両脇に広がり、御箪笥町はその一角を形成している。

「で、会ったんでさあ。と言うよりも、見たんでさ」

「誰を？」

「それが、誰だと思いやす」

「おいおい、弥市よ。おまえは俺に試《ため》し事《ごと》をするためにわざわざ雨の中を来たわけではあるまい」

「へい、そのとおりで」

弥市は誠之介の急《せ》かせるような視線に、いつも整えている町人髷《まげ》の頭をぴょこりと下げ、

「岩太《いわた》の野郎でさあ、あの角張った面《つら》の……」

「ん？」

誠之介は月代《さかやき》を伸ばし儒者髷《じゅしゃまげ》にしている頭をかしげた。わざわざ雨の中をご注進に及ぶようなことではないように思えたからだ。藤掛屋敷で盗っ人の手招きをしたと濡れ衣を着せられ、あるじの式部からさんざんに痛めっけられたのは中間一人と腰元一人だったが、誠之介が弥市からその二品を預かり、引き替えを条件に二人を屋敷から救出したのだが、そのときの中間が岩太だったのだ。いまでは小石川大塚町《おおつかちょう》の人宿《ひとやど》みろく屋の斡旋《あっせん》で外濠《そとぼり》水道橋御門内の他の旗本屋敷に奉公している。その岩太が紺看板に梵天帯の中間姿で街道を歩いていても不思議はない。二日間にわたって暴風雨に閉じこめられたあとだから、小雨でも屋敷からなにかの遣《つか》いを命じられたと見るのが普通だろう。

「ところが違うんでさあ」

弥市も誠之介の顔色を読んだ。

「あっしが煮売り屋の中から岩太を見かけたと思ってくだせえ」

「外まで出やしてね。ところが野郎、耳が遠くなったのか振り向きもしねえで店の前を通り過ぎちまいやがった。あっしのすぐ鼻先をですぜ。お勢《せい》さんもみょうに思ったか外まで出て呼びとめたのでさあ。すると野郎ふざけやがって、女の声には気がついたのかビクリとしたように泥足をとめやがった。だがそれだけで、逆に足を速めそのまま行っちまいやがった」

「声をかけたか」

「ん？」

誠之介はまた首をかしげた。実際に疑念を感じたからだ。藤掛屋敷から救出された腰元が、このお勢なのだ。おなじくみろく屋の口利きで街道で老爺《おやじ》が一人で切り盛りしている煮売りの酒屋へ住み込みの女中として入り、いまでは本来がそうであったのかすっかり町家暮らしに馴染《なじ》んでいる。わけてもこの煮売り屋は誠之介の胃ノ腑《いふ》を賄《まかな》っており、午《ひる》と夕に膳を手習い処へ運ぶとき、お勢はいそいそと足取りも軽くなる。きょうはぬかるみで小雨ということもあり、誠之介のほうから昼食に出かけたのだが、

「そのときお勢はなにも言っていなかったぞ」

「だから言ったでがしょ、ついさきほどと。その足であっしはこちらへ来たの

でさ。お勢さんも、旦那へ早く知らせろと言うもので」

「ふむ」

誠之介は頷《うなず》いた。弥市に声をかけられても気づかず、お勢の声を聞いては逃げるように足を速めた。屋敷の遣いなどではなく、

(なにやら極度に思いつめたものを秘めているのでは)

思えてくる。

藤掛屋敷を出たとき、お勢は言っていた。

「――折檻《せっかん》されているときあの人、いきなり殿さまに飛びかかったのです。だからなおさら打擲《ちょうちゃく》されて……」

顔が角張っているから心もおなじというわけでもあるまいが、岩太も激情に駆られる性質《たち》なのか、一途《いちず》なところがあるのかもしれない。

「どっちの方向へ？」

「決まってるでがしょ。屋敷のあるのは東方向の水道橋でやすから、西方向へでさあ」

「西へ？　みろく屋のある大塚町の方向ではないか、人宿の」

「あっ、そう言えば」

弥市も気づいたようだ。人宿とは、奉公先を求める者が暫時《ざんじ》身を置く長屋の設備を持った、規模の大きな口入屋《くちいれや》である。口入れの範囲も商家から武家、職人手伝いの日傭取《ひようとり》から道路普請の人足までと広く、そこのあるじともなれば顔も広く世事《せじ》にも長《た》け、町内のまとめ役になることもある。小石川界隈の人宿では大塚町のみろく屋が最も大店《おおだな》で、あるじは〝弥勒《みろく》の左兵衛《さへえ》〟などと二つ名で呼ばれている人物である。裏長屋に逼塞しようとしている誠之介を見込み、

「――おもてに出て、町のお役に立ってくだせえ」

と、御箪笥町に空き家を見つけ、手習い処を開くように勧めたのはこのみろく屋の左兵衛だったのだ。

「旦那！」

誠之介を見つめる弥市は、心配げな表情をつくった。

「うむ」

その視線に誠之介は頷いた。嵐に逼塞していたこの二日間に思いを募らせるものがあって奉公を失策《しくじ》り、ふたたび人宿のみろく屋に身を寄せねばならなくなったか……。

「どうしやしょう」

などと弥市は言う。お勢や岩太の境遇の変化に、弥市は負い目がある。誠之介は一瞬、腰を浮かそうとした。いまからみろく屋に行こうと思ったのだ。だが、その腰をすぐもとに戻したのは、まだ降っている小雨や往還のぬかるみのせいではない。

吉沢秀太郎の顔が目の前に浮かんだのだ。

「みろく屋に行ったのなら、左兵衛どのからまた知らせもあろう」

「さようで。藤掛屋敷へ殴り込みに行ったというのなら事ですが、足は逆方向でやしたからねえ」

弥市も誠之介に合わせ浮かせかけた腰を戻し、

「あしたにでもあっしがちょいとみろく屋をのぞいて来まさあ。割のいい一日か二日切りくらいの中間の口を找《さが》しにね」

日雇いの屋敷奉公など地方の藩では考えもつかないことだが、江戸の旗本ではけっこう多い。普段に手を抜いていても、員数をそろえ表面をつくろわねばならない時もある。そうした場合、弥市などの存在はきわめて重宝なものとなるのだ。

「――へへ、これがお江戸のお侍さんの仕組みでござんしてね」

弥市は江戸へ出てきたばかりの誠之介へ得意になって話したものである。

「さあて、旦那」

腰を上げたのは帰るためではない。

「きのうまでの大風と雨だ。どこか傷《いた》んだとこはありやせんかい。大工の真似事ならできやすぜ」

小雨の中、弥市は裏庭に出て雨戸や軒下などを点検しはじめた。いまでは江戸指南から誠之介の中間を任じている。誠之介もまた、そういう弥市を重宝しているようだ。

（二）

陽が出ていれば西の空にかたむきかけている時分であろうか。雨雲はまだらになりはじめ、この分では日没前に雨は上がり、淡い陽光が感じられるかもしれない。

「旦那、夕めしはどうしますかい。お勢さんが持ってくるのを待ちやすかね。こっちらから行くなら付き合いやすぜ」

などと弥市はさらに小降りとなった雨が上がるのを待つように、奉公の中間よろしくまだ手習い処にいるが、実際は狭くじめじめとした長屋へ戻るのがうっとうしいのであろう。

「そうだなあ。お勢さんに岩太の性格をもうすこし聞く必要があるかもしれんなあ」

誠之介が文机に開いていた漢籍から視線を離したときだった。

「いなさるかね」

開け放したままの玄関から野太い声が入ってきた。

「おっ、あの声は」

みろく屋の左兵衛である。弥市は急ぐように玄関へ向かい、誠之介は客を迎えるように居住まいを正した。脳裡へ岩太の角張った顔が走ったのだ。

「おや、弥市どんも、これはちょうどよかった」

左兵衛は傘をたたみ敷居をまたぎながら言う。

「弥勒の旦那、こんな雨もまだ熄《や》んでねえぬかるみのなかを。さ、下駄も一緒に洗ってくだせえ」

左兵衛の口から自分の名が出たせいか、まるで弥市は自分の家のように三和土の盥を手で示した。左兵衛も傘をさし下駄をはいて出たものの、歩きにくくて途中で裸足になったようだ。やはりくるぶしまで泥にまみれ、それ以上に汚れた下駄を手に提《さ》げている。

「それでは使わしていただきますよ」

みろく屋左兵衛は盥の前に身をかがめた。雨の日、どの家でも足洗いの盥や桶《おけ》は玄関の必需品になっている。

「みろく屋さん、何事かありましたか」

下駄と足を洗う水音に、十二畳部屋から誠之介が声を重ねた。なにやら蠢《うごめ》いたものがあるのを感じとったのだ。

「決まってまさあ。岩太の野郎でござんしょ、ねえ旦那」

弥市は足を拭《ふ》いている左兵衛に向きなおり、

「いえね、さっき街道で見かけましたのでさあ」

訊《き》かれもしないのに、さきほどのただならぬようすを話しはじめた。

「ふむ、さようでしたか。それで弥市どんも尋常《じんじょう》ではないと?」

左兵衛は乗ってきた。頷きながら十二畳部屋に上がり、

「まさにそのとおりでしてな」

湿り気の去らないなかに、手拭《てぬぐい》で拭いたばかりの足を組んだ。四十がらみの大柄で、いつもなら腰の角帯に異常に太くて長い煙管《きせる》を脇差《わきざし》替わりに差し込んでいるのだが、きょうは傘を持っているせいか無腰であった。長煙管も傘も、使い手によっては強力な武器となるのだ。

「やはり岩太はみろく屋さんに？」

文机をはさみ、誠之介は左兵衛の左右のつながった太い一文字眉の顔立ちに視線を据えた。左兵衛が雨とぬかるみのなかをお供の丁稚《でっち》も連れず来たこと自体が、すでに尋常でないことを示している。

「で、みろく屋の旦那。あっしもいてちょうどよかったとは、どういうことですかい」

弥市も文机のかたわらに胡坐《あぐら》を組み、身を乗り出した。左兵衛は誠之介と弥市の視線を受け、

「二日間も身動きできなかったせいでしょうか、こんな小雨の中でも幾人か仕事はないかと来ましてね」

「その一人が岩太で、仕事を求めて？」

誠之介は左兵衛に身を向けたまま、胡坐を組みなおした。

「はい。しかも」

左兵衛は話しはじめた。

「手代が店に出ていたのに直接わたしに頼みたいことがあると、足の泥も落とさず濡れた身で三和土に立ったままです。そこでわたしも店の上がり框《かまち》で応対し、手代を奥に下がらせました」

「あいつ、お屋敷で何かやらかしたのですかい」

「そうじゃないので。ただ」

「ただ？」

弥市の問いを誠之介は押し、左兵衛はつづけた。

「伝通院裏門町《でんづういんうらもんちょう》の青木屋敷を世話してくれろ。あの屋敷では中間が一人減っているはずだから、と言うのですよ」

「えっ、裏門町の青木屋敷！　賭場《とば》を開いていたあの八百石の屋敷じゃねえですかい」

声を上げ、緊張の表情をつくったのは弥市だった。小石川の辻斬りを捕らえたとき、犯人は旗本の次男坊二人で、犯行は賭場に通う金欲しさからであった。そのとき秘かに賭場を開いていたのが、伝通院裏門町の青木屋敷であった。

小石川住まいを始めた当初、

「――へへへ。旗本屋敷がね、テラ銭稼ぎに町の無頼どもに中間部屋を貸しているのなど、珍しいことじゃありやせんぜ。そういう所なら町方の手が入《へえ》らねえので、遊ぶほうも安心てわけでさあ」

弥市が常連のような顔をして言ったのに、誠之介はこれが徳川家の旗本かと驚いたものである。博徒《ばくと》への場所貸しなど武家にあるまじき行為であり、発覚すればお城の目付より処断されるはずである。ところが辻斬り事件で青木屋敷のテラ銭稼ぎが浮かび、青木郷三郎《あおきごうざぶろう》なる八百石のあるじの名が巷間《こうかん》にながれたにもかかわらず、その後なにの処断が下されたとも噂を聞かないのである。

「――いったいどうなっているのだ。青木家は幕閣に親戚でもおありか」

などと町家の者はささやき合い、それはいまもつづいている。

その青木屋敷に入りたい、と岩太はみろく屋に頼んできたのである。

「青木屋敷で中間が本当に一人減じているのか。だとすれば、それをまたなにゆえ岩太が知っているのか、不思議ですなあ」

誠之介の疑念に左兵衛は、

「それをわたしも感じたのですよ。そこで弥市どん」

「おっと、みなまで言わずとも分かりまさあ。あっしに探ってくれと、そうおっしゃりたいんでござんしょ？」

「待て待て、岩太から直《じか》に聞けばよいではないか。なにもまわりくどいことをせずとも」

「へへへ。旦那、分かりやせんかい。当然、みろく屋の旦那は岩太にお訊《き》きなすった。ところが岩太の野郎、面《つら》を引きつらせるばかりでなにも言わねえ。だからみろく屋さんは岩太に青木屋敷への口利きなど約束しなさらなかった。そうでござんしょ？」

「どうなんです」

弥市の推測と誠之介の問いに左兵衛は太い一文字眉を上下させ、

「そのとおりで。しかも、目がみょうに据わっていたのが気になりましてね」

「目が据わっていた？　なるほど、引きつった顔にそれじゃみょうなはずだ。それにしても、人宿とは苦労が絶えませぬなあ。人を他家に斡旋《あっせん》してからもまだ気を揉《も》まねばならぬとは」

「それが人宿でございますよ、秋葉さま」

「ふむ。なれど、それをわざわざ話しに来られたのは？　旗本の屋敷内のこととなれば、それがしの手の出せぬことではないのかなあ。いまの私はそなたに勧められたとおり、町の手習い師匠に過ぎぬゆえ」

「旦那ア、それはねえでしょう。まだわけは分からねえものの、武家がらみに間違いはねえ。だからみろく屋さんは旦那に前もって挨拶を入れに来なすったんですぜ。頼りにされているんですよ。辻斬りのときもそうだったじゃねえですかい。これも向こう三軒両隣ってえもんですぜ。あっしはねえ、町家に暮らしていても武家屋敷には精通しているつもりでさあ。そこで岩太の野郎がなにやら思いつめている。気になりまさあね」

「そのとおりなんです」

左兵衛は弥市から後押しされたように太い声で応じ、

「ともかく、留意しておいてくださいましよ。なにがあるかまだ分かりませんが、その節には」

「ふむ」

誠之介は否《いな》とも諾《だく》ともつかぬ頷きを返した。

「よございますとも」

明快な口調は弥市であった。

「さあ、旦那。あっしらも晩めしに行きやしょう」

弥市が言ったのは、みろく屋の左兵衛を見送り、誠之介がしばし腕を組み黙考してからであった。

「そうだな」

誠之介は応じ、二人はさきほどの左兵衛とおなじように裸足で外のぬかるみに出た。

「まあぁ、誠之介さま！　いまからお持ちしようと思っていましたのに。あら弥市さんも？」

いつもなら間口から街道に張り出して置かれている縁台がきょうはなく、敷居の中の土間に一基ならんでいるだけだ。ぬかるみのなかで仕事帰りにちょいと一杯という客はまだおらず、お勢は竃《へっつい》（かまど）の奥から腰を上げた。鍋《なべ》から湯気が立ち、無口そうな老爺《おやじ》が味見をしている。二日つづいた嵐ときょうの小雨に、野菜売りや納豆売り、魚屋がまだ来ず、煮売り物を買いに来る町内のおかみさんがけっこう多いのだ。

「も、はねえだろ。一緒に来ちゃ悪いかい。岩太のこと、旦那に話しておいたぜ」

「悪いなんて言ってないじゃない。で、どんなに」

お勢と弥市のやりとりのなかへ、

「なあ、お勢さんよ」

誠之介は声を入れ、

「は、はい」

お勢は背筋を伸ばした。お勢は竈の向こうから誠之介を見つめ、つぎの言葉を待った。たすきがけに前掛《まえかけ》姿で、もうすっかり町娘のこしらえが板についている。

ここへ「奉公人を一人」とみろく屋に依頼したのは、他所で一応の暖簾《のれん》を掲げている、この煮売り屋の息子夫婦である。息子夫婦は自分たちの家宅に老爺を引き取りたがっているのだが、若い時分から小石川の地で惣菜《そうざい》作りをし、煮売り酒屋まで始めたものだからこの町を離れたがらず、そこでやむなく息子夫婦がみろく屋に相談していたらしい。みろく屋の左兵衛はこの口を誠之介に話したとき、

「――まったく一徹者というより、頑固者でござんしてねえ」

などと言っていた。

武家屋敷の腰元だったお勢がそこへ入ると、

「──おっ、街道に花が咲いたような」

と、老爺が無口なだけに近所の評判になったものだった。それはいまも変わりがない。

言葉を待つお勢に、

「まだ恨《うら》みに思っておるか」

誠之介は言った。

「はあ?」

「藤掛屋敷のことだ」

「なにかと思えばそんなこと。もう済んだことじゃないですか。それよりもここに安らぎを得ましたこと、ほんとに誠之介さまには感謝しております。いまも、これからもずっと」

「いや、さようなことではない。たとえば、きょうの岩太だ。屋敷は違え、武家奉公をつづけておるでのう」

「そうよ。さっき、みろく屋の旦那も手習い処へ来なすってよ」

弥市があとをつなぎ、みろく屋の左兵衛が語った内容を話しはじめた。

「えっ、青木屋敷？」

お勢は問い返した。

「なにか心当たりでもあるのか」

「いえ。心当たりというほどのものじゃありませんが、藤掛屋敷にいたとき、その伝通院裏門町の青木さまのお屋敷から中間さんが一人、ときどき岩太さんを訪ねて来ていました」

「ほっ」

弥市が声を上げ、竃のほうへ身を乗り出した。お勢はつづけた。

「いつもむっつりの岩太さんが、そのときだけは笑顔を見せていたものですから、よく覚えています。なんでも在所がおなじで、千住宿《せんじゅしゅく》の向こうで日光《にっこう》街道沿いのなんとかという村だとか。そこで兄弟のように育ったらしく」

「ふむ。それで岩太は青木屋敷に入りたがっておるのか」

「旦那ア、そんな軽いもんじゃねえでしょうが。きょうの岩太の面ですぜ。なにかありまさあね、なにか」

「あたしも、そう思います」

「どんな?」

「それが分からねえから、あっしが一肌脱ごうってんじゃねえですかい」

お勢に後押しされたように弥市は胸を張った。

「あんたら、晩めし喰いに来たんじゃねえのかい。早くなにか言わねえと暗くなっちまうぜ」

竈の奥から皺《しわ》枯《が》れた声が飛んできた。三人の話を聞いていたのか、無口な老爺にしては珍しく言葉をつづけた。

「その岩太とかいう中間さん、むっつり屋かね。だったら気をつけなせえ。そんな男ほど一徹なやつが多いもんでさあ」

(おぬしのように……)

言いかけたことばを、誠之介も弥市も飲み込んだ。

「お勢、もう残り物しかねえ。早く皿に盛ってあげな。それに秋葉さまに弥市どん、お勢はもう此処《ここ》の娘だ。物騒な揉め事は困りますぜ」

そう言うが、辻斬り騒ぎのときには、

「――あっしが囮《おとり》になりやしょう」

などと誠之介や左兵衛に言った老爺なのだ。

日の入りの時分か、雨雲は薄れていたが一帯はもう暗くなりかけていた。縁台に豆腐の入った野菜の煮込みが湯気を立てた。

「この分じゃあしたは晴れですぜ。朝早くに発ちまささあ」

言いながら弥市は箸《はし》を取った。

(二)

浅い眠りだった。

「へへへ、朝はもう秋を感じやすねえ。猿股《さるまた》だけじゃ肌寒いや」

手習い処の玄関口に弥市の声が響いたのは、日の出の明け六ツであった。誠之介は起きたばかりである。

「さあ、きょうも盥に水を入れておきやしょう」

律儀な中間姿で来ている。まだ往還はぬかるんでいるのか、草履を梵天帯にはさみ裸足で来ている。出たばかりの陽光を浴びながら裏手へまわり盥に水を汲《く》むと、器用に朝めしの用意までしだした。きょうが初めてではないが、自分もここで済ませるつもりのようだ。

「旦那がねえ、長屋でつくってなすった味噌汁、けっこうなお味でしたぜ」

言いながら弥市は香の物を切り、台所とつながった小部屋に膳を出した。温かい飯に湯気が立つ味噌汁ほど旨《うま》いものはない。だが、朝餉《あさげ》にあまり時間は費やせない。手習い子たちが玄関に声を響かせる刻限はすぐにくる。

「きのうも朝早くにと言っていたが、いずこもまだ動き出したばかりの時分ではないか。そこへ聞き込みなど入れられるのか」

「ははは。旦那はお武家でしょうがね、奉公人の一日はあっしのほうがよく知ってまさあ。それにあの辺《あた》りを歩くにゃこいつが一番でやすよ」

弥市は紺看板にキリリと締めた梵天帯を平手で叩き、

「どうです。有用な男でがしょ、あっしは」

胸を張った。岩太の背景を探るのに自信を持っているようだ。

「行ってきまさあ」

朝の陽光を浴びながら裸足でぬかるみの往還に出たのは、膳のかたづけをしてからすぐだった。このあと一日照りつければ、あすにはまた土ぼこりが舞いはじめるかもしれない。

誠之介はその背を見送り、部屋に手習い子たちの声が満ちはじめるのを待ち

ながらも、

(弥市め、午《ひる》には戻ってこようか)

思いをめぐらしていた。

――自重されよ、目立たぬように
みろく屋の左兵衛を部屋に迎えたときには、まだ吉沢秀太郎の言葉が念頭にあった。だが、弥市やお勢と話しているうちにそれはしだいに薄れ、胸中を〝岩太の背景〟が占めはじめたのはやはり性分《しょうぶん》か、昨夜深く眠れなかったのはそのせいかもしれない。


四日ぶりの陽光を受け町は動きはじめている。いつもならこの時分、街道には荷馬に大八車が人の合い間を縫うように音を立てているのだが、ぬかるみのせいかまだそれらは少なく、町駕籠《まちかご》のかけ声にも張りがない。その街道を東へ進み、伝通院の表門前を過ぎてから街道北側に広がる火除地の中を抜ける脇道に入り、それを過ぎれば屋敷といっても板塀に冠木門《かぶきもん》の微禄の武家地と町家が混在する富坂町《とみさかちょう》となり、さらに進めば往還の一方に町家がひしめき、片方が広い武家地となっている伝通院裏門町に出る。町家はむろんだがいつもは静かなはずの武家地もきょうは人の立ち動く気配を感じる。いずれも中間たちが雨と風に傷んだ庭や板塀の手入れをしているのだ。知らぬ屋敷でもふらりと顔をのぞかせれば、梵天帯同士である。ちょいと言葉を交わし合うだけなら、わざわざ訪《おとな》いを入れるまでもなく、かえって情報を得やすい機会がそこにある。弥市が奉公人の一日なら「あっしのほうがよく知ってまさあ」と、さきほど誠之介に自信を示したのはこのことだ。

裏門町の北側はふたたび武家地で、ここには板塀や冠木門などではなく、高禄の旗本屋敷が白壁をつらねている。弥市には勝手知った武家地のたたずまいだ。お目当ての青木屋敷はこの一角にある。普段なら人通りの極端に少ない往還に、きょうはそれぞれの屋敷の中間たちが足を右へ左へと泥にまみれさせている。外にまで散乱した枝木や溝《みぞ》のつまりをかたづけているのだ。開け放した門を拭いている者もおれば屋根を見上げている者もいる。八双金物《はっそうかなもの》を打った門《もん》扉《ぴ》が泥をかぶっていたり、屋根瓦《やねがわら》がゆがんだり、まして落ちていたりすれば武門の恥である。武家にとって屋敷は城とおなじなのだ。どの屋敷も白壁の中の庭や母屋《おもや》の傷みよりも、競《きそ》うように中間を外に出している。

「――壁と門は石垣と大手門。備えを怠《おこた》ってはならぬ」

などと、かつて大身の屋敷に奉公したとき、弥市も聞かされたことがある。

（――へぇえ、戦国の心得ねえ。もう百四、五十年も前《めえ》のことじゃねえか）

思いながら、八双金物の一つひとつに光沢を出すよう磨いたものである。

青木屋敷の正面門も開け放たれ、中間が二人ほど往還に出ていた。一人は溝掃除をし、もう一人は門扉に布を当てている。通りすがりのように弥市は、

「ご精が出るねえ。おっと、ここは青木さまのお屋敷でござんすねえ」

門の中をのぞきこむように声をかけた。

「おう。知ってるのかい」

門扉を拭いている中間が応じた。お互い紺看板と梵天帯に泥を刷《は》いた裸足である。

「へへ、まあね。夜にうちの旦那のお供で二、三度ばかり、ちょいと」

手で盆茣蓙《ぼんござ》の真似をした弥市に、

「えっ」

青木屋敷の中間は雑巾《ぞうきん》を持った手をとめた。弥市は間合いを得た。

「この屋敷も人手が一人減ったとか。こういうときは困るよなあ」

「なんで、それを？」

すぐ近くで溝を浚《さら》っていた中間が腰を上げ、竹箒《たけぼうき》を持ったまま泥の往還を歩み寄ってきた。弥市は受けるように、

「そりゃあまあ、おなじ千住《せんじゅ》の向こうから出てきた身だからなあ。岩太から聞いているさ」

「岩太どんに？」

竹箒の中間は乗ってきた。岩太を知っているようすで、さらに言った。

「浩助《こうすけ》め、成敗の前に俺を水道橋に走らせたからなあ」

ため息まじりの口調だった。

——成敗！

瞬時、弥市の心ノ臓は高鳴った。が、それをおもてに見せることはない。

「よさないか」

雑巾を持った中間は、身を返すようにふたたび門扉に向かい手を動かしはじめた。話から逃げるような所作である。だが、竹箒の中間はつづけた。

「水道橋の岩太どん、あれからどうしてるね。あんたら浩助と在所がおなじだって？　日光街道の」

「ま、近いやな。やつめ、ここ数日いらつきっぱなしだぜ」

「だろうなあ。俺たちだって」

「おい、もうよしなよ。ご用人に見られちゃまずいぜ。ありゃあ殿さまと用人さんが仕組んだお手討ちだ。いまじゃ賭場の開帳も控えてなさるし」

門扉に向かっていた中間が低声《こごえ》で言いながら顔を振り返らせた。

「そ、そうだよなあ」

竹箒の中間は応じ、

「あんたも知らぬ仲じゃないんなら、せめて浩助が成仏《じょうぶつ》するよう祈ってやってくんねえ」

言うとふたたび溝に向かい、小枝や泥を掬《すく》いはじめた。

「お屋敷での手討ちねえ。ま、精を出してくんねえ」

弥市は心ノ臓がさっきよりも激しく高鳴るのを抑え、深追いせずに話を合わせ、泥にめりこんだ足を引き抜くようにその場を離れた。鼓動は容易に収まらない。角を曲がっても似たような中間が往還に立ち働いている。

「大変だねえ、ご苦労さん」

と、それらの横を通り過ぎる。

同郷の浩助とやらが……屋敷内で仕組まれて消えた……しかも手討ち。そこへ岩太は何をしようとしているのか。弥市はもと来た街道へ歩を向けた。だが、このまま手習い処へご注進に及ぶのではない。

火除地を過ぎ伝通院の前あたりにさしかかると、さきほどより人出は増えていたが陽はまだ東の空にあり、午《ひる》にはなお間があるようだ。

うしろから飛脚が追い越していった。走っているのに泥をほとんど撥《は》ね上げていない。

「さすが、器用に走りやがる」

弥市は呟《つぶや》き、陽光を受けたその背を目で追った。もう御簞笥町に近い。

「ん？」

飛脚が往来人に声をかけたようだ。一言二言、足は動かしたままである。往来人に一礼すると、そのまま御簞笥町の脇道に走り込んで行った。

（町内に文《ふみ》かい。誰だろう）

思ったが深くは考えず、そのまま御簞笥町を通り過ぎた。その枝道の角が煮売り屋だが、お勢は中で煮込みでもしているのか往還から姿は見えなかった。

行く先は大塚町の手前の清水谷町《しみずだにちょう》である。街道からすこしはずれた町並みだが、岡っ引の仁助《にすけ》がそこに塒《ねぐら》を置いている。辻斬りのときには仁助も誠之介やみろく屋の左兵衛とともに尽力したものである。その仁助もきょうのようなぬかるみの残る日は、塒で退屈そうにしていようか。


「へいっ、ご免なさいまして」

声とともに手習い処の腰高障子《こしだかしょうじ》が勢いよく叩かれた。

「飛脚にござりまする」

「おぉっ！」

「へぇっ？」

手習い子たちは一斉に声を上げて振り向いた。飛脚が一般の家に走るなど、よほどのことがない限りあることではないのだ。

「ん？」

誠之介は玄関口に視線を投げ、腰を上げた。長屋住まいのときはもとより、手習い処の所在を知らせた相手はいない。江戸藩邸の吉沢秀太郎と飛脚は結びつかない。

飛脚は三和土《たたき》を汚すのを憚《はばか》り、敷居の外に立っている。

「いずれから」

誠之介が三和土に下りたとき、背後の板敷きの間にドッと手習い子たちの小さな顔がひしめいていた。

「きのうのうちに関東に入っていたのですが、お届けが一日遅れてしまい」

飛脚は腰を折り、

「それよりも、いったい？」

誠之介は訝《いぶか》りながら包みを受け取った。

――高田

とのみある。姫路ではない。越後高田十五万石……いまはそこが榊原家の藩地である。

「はて？」

頷《うなず》き、その場で封を切った。

――寺尾隼人正《てらおはやとのしょう》

国家老である。

「ふむ」

誠之介の脳裡に走った。脱藩者へ藩主よりまだ上意討ちの命が下りていないのは、国おもてに寺尾隼人正あってのことと誠之介は認識している。国替えの原因となった藩主の放蕩《ほうとう》を最も強固に諫《いさ》めていたのは隼人正であり、誠之介は若手藩士のなかでその先鋒だったのだ。琵琶湖畔での出奔は、隼人正に迷惑が及ぶのを防ぐためでもあった。その家老から文が来た。知らせたのは吉沢秀太郎……。ならば、秀太郎は寺尾派に与《くみ》している……。

背後の子供たちがざわついている。いずれも心配げなようすだ。

文面に視線を投げた。短かった。冒頭には〝一読火中〟とある。

――行く末のなお定まらねば、御身《おみ》にはただ目立たぬよう過ごされるべし。後日進捗《しんちょく》あらば人を介し、知らせ参らせ候《そうろう》
誠之介は背後に振り返った。紙片を火中に投ずべく火の気を探したのだ。

「お師匠、なに、なに」

手習い子たちのなかから声が飛ぶ。

「ご返書を、との言付けにございます」

敷居の外から飛脚が声をかけた。

「うむ」

誠之介は頷き、部屋に戻った。手習い子たちが、心配げにざわつきながら場を開ける。近くの文机に向かって座し、筆を取った。飛脚は手習い子の一人が

差し出した水を、柄杓《ひしゃく》のまま一気に飲んでいた。

──ご懸念あるまじく候《そうら》へ

返書も短かった。

「お師匠、なにか変わったことでもあったのですか！」

「この手習い処、なくなったりしないですよねえ」

飛脚の影が玄関口から消えるなり、板の間で手習い子たちは誠之介を取り巻いた。

「ははは、ちょいと知り人でなあ。さあ、部屋に戻った、戻った」

手習い子たちを十二畳部屋に押し戻した。

おなじ時分だった。

「おう、どうしたい。おめえがここへ来るとは珍しいじゃねえか」

弥市がひょっこり清水谷町に剽軽《ひょうきん》な角張った顔を見せたのへ、岡っ引の仁助は立ったまま薄い眉毛に鋭い目を細めた。そこは小ぢんまりとした小間物屋の店先である。仁助の女房が開いているのだが、陽は照ってもぬかるみの日にわざわざ小間物を買いに来る客などおらず、板の間は風の日にかたづけたままでまだ品物はならんでいない。

「仁助さん、じゃねえ。清水谷の親分、こいつぁ町内のことだと思って聞いてくだせえ」

「なんだ、気持ち悪いなあ」

板の間に腰を下ろし、水桶に浸けた足を手拭でぬぐいながら言う弥市へ、仁助は先をうながすようにその場へ腰を据えた。

「辻斬りの一件でさあ」

弥市は足を拭き終わり、身を仁助のほうへねじった。

「なに？　まさか、また」

「出たっていうんじゃないのですがね」

「驚かすねえ。前の一件なら秋葉さまやみろく屋の旦那のおかげでよ、おめえにも一肌脱いでもらったよなあ。もう奉行所の記録にしか残っちゃいねえぜ」

「伝通院向こうの青木郷三郎ってえ旗本のこともですかい」

「なに？　奥歯にものの挟まったような言い方しやがって、言いてえことがあるんならずばり言ってみねえ」

「へっへへ。あっしが言うのもなんでやすが、犯人の旗本の次男二人が通っていた賭場がどこか明らかになったのによ、そこの青木屋敷になんのお咎《とが》めもねえってのは腑《ふ》に落ちませんやね」

「やい弥市。おめえ、なにが言いたいのだ。この足場の悪いなかをわざわざ、八丁堀がお武家にゃ手を出せねえのを笑いに来やがったのかい。お城の評定所にゃ、お奉行さまだってなんもできねえんだぜ」

仁助もそのことには腸《はらわた》を煮え滾《たぎ》らせているのだ。

「へへ、怒っちゃいけねえ。あの屋敷で最近よ、中間が一人消えたってえのをご存知かい」

「消えた？　中間が、か」

「でやす。それも、賭場の開帳が関わっているようで。となれば辻斬りの一件も絡《から》んできまさあね。しかも消えたのは、これ」

弥市は片手を首にあて、手討ちの真似をした。

「青木郷三郎が、てめえの屋敷の中間を？」

仁助は胡坐《あぐら》の足を組みかえ、さらに弥市が、

「この件にはすでに秋葉の旦那もみろく屋さんも一枚噛《か》んでなさるんで」

「どういうことだ。詳しく話せ」

仁助は上体を弥市のほうへかたむけた。

「へへへ。そうこなくっちゃ」

逆に弥市が仁助の姿勢を受けるかたちになった。

岡っ引の仁助と中間姿の弥市が連れ立って清水谷町を出たのは、そのあとすぐのことだった。陽が中天に差しかかったころである。

その日、午《ひる》はむろん手習いが終わる昼八ツ（およそ午後二時）の鐘が響き、手習い子たちが歓声を上げたあとも、弥市が手習い処に顔を出すことはなかった。街道に出た弥市と仁助の足は御箪笥町を通り過ぎていたのだ。

静かさを取り戻した手習い処の中で、

「聞き込みに手間取っているのかのう。待つべしか」

誠之介は独《ひと》り呟《つぶや》いていた。

二人の足は、伝通院の前をも過ぎていた。弥市にとっては朝のうちに一往復した道のりである。だが、歩の向く先は違っていた。左手の火除地と向かい合う徳川家水戸屋敷の白壁に沿って右手にまわり、外濠《そとぼり》の水道橋御門に向かっていた。内濠《うちぼり》は警戒厳重だが、外濠の御門はいずれも胡乱《うろん》な者や浪人以外はなんら見咎《みとが》められることなく勝手往来であり、武家の日常を支える行商人や職人らが常に出入りしている。

「お天道さまを浴びながらぬかるみを踏むなんざ、みょうな気分でやすねえ」

「あ、、生ぬるくって気色悪いぜ」

石垣が枡形《ますがた》に組まれた御門で番卒に軽く一礼して入ると、さすがにまったくの武家地で白壁ばかりがつづく往還にも溝にもう小枝など散乱しておらず、泥を刷いたままの門扉などもない。人通りもむろんない。

足元に気をつけながら御門からまっすぐに一丁（およそ百米《メートル》）ほど進んだところで、

「おっ」

紺看板に梵天帯の弥市が低い声を上げ目を凝《こ》らした。前方から人が来る。弥市とおなじ中間姿でうつむき加減に歩を踏んでいる。その者も弥市たちに気づいたか顔を上げるなりビクリとしたようすを見せ、落ち着きを失ったように左右を見まわしはじめた。明らかに脇へそれる枝道を找《さが》す仕草だ。しかし場所は両脇とも白壁のつづく武家地である。そう脇道があるわけではない。

「もしや、岩太か?」

歩を進めながら仁助は問いを入れた。仁助はその者の顔を知らないが、直感である。

「さようで」

弥市は応えた。

双方の間合いはせばまり、岩太は二人と向かい合うかたちで足をとめざるを得なかった。小脇に小さな風呂敷包みを抱え込んでいる。

「おう、岩太。お屋敷の遣《つか》いかい」

「や、弥市どん。そ、そんなところだ」

岩太はぎこちなく返した。不審が感じられる。

「おめえ」

立ち話のかたちで、仁助がかぶせた。なかば尋問の構えだ。二人が清水谷町を出たのは、岩太を訪ねるためだったのだ。往還にはいま、この二人のほかに人影はない。

「岩太だな。俺は小石川で御用をあずかっている者だが、小耳にはさんだことがちょいと気になってな。藤掛屋敷のあと新たな奉公先を世話してもらいながら、なんだって青木屋敷へ鞍替《くらが》えしようとしたがってるんだ」

「…………」

「なあ、岩太よ。あそこじゃ、中間が一人消えたんだってなあ。おめえと同郷で、たしか浩助どんとかいったなあ。これだってえ噂もあるぜ」

尋問調に弥市も加わり、手を首にあてた。

「し、知ってるのか、そんなとこまで。……おと、おとなしすぎたんだ、あいつは。だから、だからなんだ」

岩太は泥にまみれた足を一歩引き、風呂敷包みを抱える腕に力を入れ、身構える仕草になった。

あちこちの武家屋敷の中間部屋で賭場が開帳されていることを、江戸城の目付が知らぬはずはない。いくら公然の秘密といっても、そこに辻斬り犯人が出入りしていたことがおもてになれば、旗本支配の目付としては糾弾《きゅうだん》しないわけにはいかない。だが、それがなかった。

岩太は話した。あるじの青木郷三郎は内濠の和田倉《わだくら》御門辰《たつ》ノ口《くち》の評定《ひょうじょう》所に何度も足を運び、中間の一人を屋敷内で手討ちにし、幕を引くのを得たという。あるじの意に反し、不逞《ふてい》の輩《やから》を屋敷内に引き入れつづけていた咎《とが》で成敗したというのである。

「浩助はなあ、口数も少なく、賭場の開帳を毎回客筋に触れてまわるのが嫌で嫌で仕方がなかったんだぜ。その浩助を……」

声を震わせた岩太に、

「非道《ひで》え人身御供《ひとみごくう》だなあ」

岡っ引の仁助は呻《うめ》くように接ぎ穂を入れた。

「死体は、死体はなあ、無縁仏だ。どこに捨てられたかも分からねえ」

岩太はつづけ、

「行くぜ」

二人を押しのけるように足を動かした。

「おう、どこへ!?」

仁助はかぶせたが、

「訊《き》かねえでくだせえ!」

風呂敷包みを小脇に水道橋御門のほうへ向かった。二人は思わぬ岩太の迫力に圧《お》され、その場に立ち尽くして足早に歩む背を見送った。

「へっへへ」

と、弥市が、御箪笥町の手習い処の玄関口に声を入れたのは、陽も落ちすっかり暗くなってからであった。どこで調達したか、ぶら提燈《ちょうちん》を提げている。往還は一日陽光に照らされ、ぬかるみはなくなっていたが水桶はまだ必要だった。

「待ってたぞ。で、どんな具合なんだ」

手燭《てしょく》を手に板の間で問う誠之介へ、弥市は足を洗いながら、

「ちょいと清水谷の仁助さんと、一緒だったもんでしてね」

拭き終わると手習いの十二畳部屋に上がった。

淡い行灯《あんどん》の灯りの中で弥市は昼間の出来事を話し、

「岩太と別れたあとでさあ。仁助さんが岩太の言った評定所の話が本当かどうか、いまから八丁堀へ訊きに行くって言うもんで、あっしもついて行きやしてね。それで御箪笥町に帰るのがこんな時分になっちまったんでさあ」

「ふむ、あの岡っ引に知らせたのは上出来だ。おもてからじゃ分からぬこともあろうからなあ。で、どうだった」

文机をはさみ、誠之介は真剣な表情で先をうながした。弥吉はわが意を得たように語り出した。

仁助を使嗾《しそう》している同心は、

「——おまえに話したのではいきり立つと思って黙ってたがなあ、そのとおりなんだ」

と、岩太の話を肯是《こうぜ》したという。

「あっしも一緒に聞きやしてね。奉行所の同心どもたあだらしがねえ。すっかりあきらめたような口調で、聞いてて歯痒《はがゆ》かったですぜ」

「ちょっと待て」

誠之介は身を乗り出し、

「岩太め。まさか浩助とやらの敵討《かたきう》ちをするつもりで青木屋敷に入ろうとしたんじゃ……。中間といえ、いったん奉公に上がれば主従関係だ。敵《かたき》どころか主《あるじ》殺しの大罪人になってしまうぞ」

「あっしもそう思いやしたよ。だからみろく屋の旦那は、ほいほいと世話しなかったんじゃねえのですかねえ」

「うーむ」

誠之介は唸り声を上げた。

（四）

その夜、誠之介はまた浅い眠りしか得られなかった。やはり性分なのか、昼間受け取った国家老寺尾隼人正の文面も、その返書に〝ご懸念あるまじく〟と認《したた》めたことも、眼前の出来事《しゅったいじ》に念頭の隅へ押しやられている。

外に明るさが戻ってきた。晩夏の朝がそこにある。すぐに手習い子たちの声が響き、静寂が遠ざかる。ぬかるみは消えているようだが、湿り気はまだ残り、土ぼこりの立たないのがさいわいだった。

弥市が来ない。連絡がないのは平穏無事の証《あかし》か……だが気になる。十二畳の間を埋めた子供たちは年齢がまちまちなら、教える内容もいろはの手習いから漢籍がある程度読める子もおり、算盤《そろばん》も足し算からの子もあれば位の高い割り算をこなす子もいる。

「あ、おめえ、またその字まちがってら」

「あたしの半紙まで使わないでよ」

「ねえ、お師匠。この字は」

声の飛び交うなか、あちらこちらへと文机のあい間をまわらねばならない。けっこう疲れる。それはそれで気分が紛れる。

やがてそのなかに歓声が上がる。昼八ツの鐘だ。ふたたび手習い処は静寂に包まれる。念頭に戻るのは、

――目立たぬように

吉沢秀太郎の声や寺尾隼人正の文面ではない。

――あの者が、大罪を犯すのを防がねば

そのことである。

(それにしても弥市は)

きょうはまだ一度も顔を見せていない。

(ちょっと長屋をのぞいてみるか)

腰を上げたときである。玄関の腰高障子に人影が立った。……二つ。

「おいでなさいますかい、秋葉の旦那。ちょいとやっかいなことが」

声とともに勢いよく障子戸が引き開けられた。

(あの声は)

岡っ引の仁助である。

「出だしはきのう、弥市どんからお聞きと思いますが」

玄関口で薄眉の仁助とならび、

「わたしも仁助さんから聞きましてね。そこへみょうな知らせが……」

つないだのは大柄で濃い一文字眉のみろく屋左兵衛であった。

「まさか岩太が！」

板敷きの間に立った誠之介は緊張を覚えた。

「それなんでさあ。ともかくお耳にと」

言いながら仁助は敷居をまたぐが、刃傷《にんじょう》事件の発生というのにしては二人とも落ち着いている。

「さあ、ともかく上へ」

誠之介はいくらかの安堵《あんど》を覚え、手で十二畳部屋を示した。

三人は文机を中に鼎座《ていざ》になった。

「きょう午《ひる》すぎですが、仁助さんが大塚町に来て岩太の話をしてくれたのですよ。それでわたしも案じていたところ、ついさっきです」

みろく屋左兵衛は一文字眉を動かした。

「岩太を世話したお屋敷の若党が大塚町の店に来ましてね」

きのう、陽のまだ高いうちだったらしい。岩太が屋敷からいなくなったというのだ。仁助と弥市が水道橋御門の近くでつかまえ、問い詰めたのと関連しているようだ。左兵衛はつづけた。

「もちろんうちが世話したところですから、そのお屋敷はまともなところです」

その屋敷から岩太が知らぬ間に出て、町々の木戸が閉まる時分になっても戻ってこない。朝になっても姿が見えない。そこで屋敷の若党がきょう午を過ぎてから、

「――こちらになにか心当たりはないか」

と、みろく屋まで訊きに来たというのである。

「岩太どんの身になにかあったと思い、おととい小雨の中を来て青木屋敷に世話してくれろと言ったことは伏せておいたのですが」

どうやら岩太は屋敷を出奔したようだ。きのう小脇に抱えていた風呂敷包みは、身のまわりの品だったのかもしれない。

「ふむ。ならば弥市に訊けばなにか手掛かりが……」

「へい。そう思い、さっきここへ来る途中、町の人に頼んでおきやした。弥市

どんにすぐここへ来るように、と……」

仁助が接ぎ穂を入れ、言い終わらないうちに、

「へっへっへ。またあっしに御用で？　聞きやしょう」

声とともに弥市が手習い処の敷居をまたいだ。

「へへ。みろく屋の旦那と仁助の親分とくりゃあ、岩太のことでがしょ」

言いながら座に加わり、話を聞くなり、

「えぇえっ。するとありゃあ家出だったんですかい！」

「そういうことになる」

驚く弥市に仁助は応じ、

「そこで弥市どん。また一つ、伝通院の向こうまで走ってもらいたいのだ」

左兵衛がつないだ。

「へいっ、分かりやす。岩太の影を求めてでがしょ。今すぐにですかい」

「そう、すぐにだ。駄賃はわたしがはずみますよ。きのうの分も含めて」

「さすがはみろく屋の旦那。そうと決まりゃあ」

弥市は部屋に下ろしたばかりの腰を上げた。

ふたたび誠之介は待った。こんどはみろく屋の左兵衛と岡っ引の仁助が一緒である。

やがて夕陽を浴びながら弥市が帰ってきて、

「青木屋敷の中間に探りを入れますとね、新しい中間は入っていないそうで」

みろく屋にも青木屋敷から「中間を一人」との申し込みは来ていない。もちろんみろく屋の番頭や手代が小石川一帯の同業に走り探りを入れたが、いずれも伝通院裏手の武家屋敷からの申し込みは受けていなかった。それらの知らせが弥市の帰りと前後するように次々と手習い処に入る。そこには本陣よろしくみろく屋の左兵衛と岡っ引の仁助がまた来て待機している。

「まさか、また辻斬り!?」

それを見て緊張した顔を玄関口に入れる町内の住人もいた。

「ははは。秋葉の旦那がいなさる小石川に手を出す馬鹿はもういやしねえぜ」

弥市が得意そうに応え、

「それよりも、奉公人に濡れ衣を着せて手討ちにするような屋敷じゃ、どこの同業も二の足を踏みますよ。あのお屋敷は自前で調達する以外ないでしょう」

左兵衛が一文字眉を複雑に動かしたのへ、弥市は視線を玄関口から部屋の左

兵衛へ戻し、

「だったら、なんで岩太を入れないんでしょうかねえ。あそこの中間ども、きのうも岩太が顔を見せたって言ってましたぜ」

「なにいっ。それをなぜ早く言わねえっ」

仁助が弥市へ鋭い視線を向け、誠之介も左兵衛もそれにつづいた。弥市は、おととい表門を拭いていた中間から聞いたというのだ。浩助の成敗も、

「――有無を言わさず瞬時に血だけが」

ドクドクと庭に流れたらしい。

弥市は言った。

「ですがね、岩太が血相変えて用人に取り次いでくれって頼んだわけじゃねえんですよ。ただあそこの中間たちに、ご当家のあるじはどうしていなさるなどと軽く訊くだけだったっていいやすからねえ。そんな目であっしを見ねえでくだせえよ」

「ふむ」

「そうでしたか」

誠之介と左兵衛は同時に頷き、

「で、青木屋敷の中間はなんて答えたのだ」

「そりゃあもう、屋敷内はいつもと変わりがないとか、このあいだの雨風で日延べになっていた墓参があしたになっただの、他愛のないことばかりで」

弥市は仁助の入れた問いに答えた。

「墓参？」

誠之介は呟《つぶや》くように問い返し、かたわらの左兵衛と視線を合わせ、その視線に仁助も加わった。

「ど、どうしたんでぇ」

顔を見合わせる三人に、弥市はとまどいを見せた。八百石の旗本の墓参ともなれば、権門駕籠に用人や若党らが前後につき従う。内儀も一緒なら、女乗物に腰元らも繰り出し、けっこうな行列となる。

「弥市！」

「へいっ」

「どこだ、青木家の菩提寺《ぼだいじ》は」

「……そこまでは」

誠之介は返答に戸惑う弥市から視線を仁助にも向け、

「きのう、岩太の腰は木刀だったか。脇差《わきざし》ではなかったか」

「うっ。あっしとしたことが、迂闊《うかつ》でやした」

事の重大さに仁助は気づいたのか、即座に返した。無理もない。中間が腰に木刀を差しているのは身なりの一部であり、いまも弥市は梵天帯の背のほうに一本差し込んでいる。差していないほうが、かえって不自然だ。樫《かし》を削っただけの木刀だが、物によっては鞘《さや》の部分に胴金《どうがね》や鐺《こじり》を嵌《は》め、鍔《つば》までつけて柄《つか》には柄頭《つかがしら》を施《ほどこ》したのまである。こうなれば一見、脇差と見分けはつかない。

「脇差であったかもしれませんねえ」

左兵衛が低く声を入れた。

「ううっ」

弥市は唸《うな》った。岩太がいずれかに身を潜め、青木郷三郎への一太刀を狙っているかもしれないことに思いを馳せたのだ。

「あした、あしたですぜ！」

切羽詰ったような視線を、弥市は三人へぐるりと向けた。

陽の沈みかけたころ、御簞笥町の手習い処にふたたび人の出入りがあった。

みろく屋の手代や丁稚たちである。あるじに呼ばれるなり、すぐ手習い処から散った。この季節、蚊が出るのさえ我慢すればお堂の中でも寺の縁の下でも、身を寄せるところには事欠かない。もちろん、弥市も仁助も走った。

おもての煮売り屋で簡単な晩めしを済ませ、灯りを入れた手習い処には誠之介と左兵衛の二人のみとなっている。お勢には、あした青木家の駕籠がもし街道を通ったならすぐ手習い処に知らせるように言っておいた。お勢はコクリと頷いていた。

外の闇が濃くなるにつれ、部屋の灯りが際立ってくる。

「あの者、一度でもみろく屋の敷居をまたいだとあれば、もううちの寄子《よりこ》で、手前はその請人《うけにん》でございます。罪人になるかもしれぬのを、見過ごすわけには参りません」

言う左兵衛の口調から、誠之介は人宿の信念を感じ取っていた。そのみろく屋の手配は早かった。番頭が、岩太を世話した屋敷に走り「責任は一切手前どもで受けますゆえ」と、屋敷に入れた岩太なる中間の請状《うけじょう》を引き揚げてきた。岩太がその屋敷に奉公していた痕跡《こんせき》は消えた。これでいかなる事態が発生しようと、その屋敷とは一切関わりはない。

「周旋させていただいた寄子の件で、先《さき》さまに迷惑をかけるなど人宿の恥でございますからなあ」

一文字眉を動かし、みろく屋左兵衛は言う。

「うーむ」

誠之介は唸り、

「ともかく、それをどう防ぐかだ」

長押《なげし》にチラと視線を投げた。左兵衛の目もそれを追った。行灯の灯りに、道中用に柄《え》を切りつめた一筋が不気味に浮かんでいる。二人の脳裡には、それが一閃《いっせん》するかもしれない事態がすでに浮かんでいた。だが誰に向けられ、どのように槍身《やりみ》が風を切るのか、誠之介にも左兵衛にもまだ判断がつかない。

町々の木戸の閉まる時刻が近づいている。手代や丁稚が戻ってきだした。ぶら提燈を手にしたまま、いずれもが首を横に振る。仁助も弥市も帰ってきた。おなじであった。奉行所の捕方《とりかた》のように龕燈《がんどう》で寺々の縁の下を照らしてまわるわけにはいかない。探索にはおのずと限界がある。

「墓参なら、朝から出かけるはずです。あした、青木屋敷に人を張りつけるしかありますまい」

ふたたび四人となった部屋の中に左兵衛は太い声をながした。

「おっと。あそこならお店者《たなもの》の角帯より梵天帯に木刀のほうが似合いまさあ」

弥市が紺看板の胸を叩いた。そろそろ木戸の閉まる夜四ツ（およそ午後十時）である。ようやく手習い処からも灯りが消えた。

「明日になれば……」

暗闘の部屋の中で、誠之介はみずからに言っていた。

（五）

夜が明けた。外には陽が射し部屋はにぎやかさに包まれ、半紙に〝いろは〟から書く子もあれば画数の多い漢字を器用に書いている子もいる。手習いの運び方にも慣れてきたのか、午前中は習字に素読、午後は算盤と一応の時間帯を決めている。

そろそろ素読に移ろうかとした時である。

「秋葉さま！　秋葉さまっ」

腰高障子を引き開ける音とともに飛びこんできた声に、手習い子たちは一斉わりに誠之介は頷き、お勢は街道にとって返し町駕籠を拾った。

一目でそれを見分けるのは簡単なことであった。ざわついた手習い子たちをま

青木家の権門駕籠である。家紋で分かる。武家奉公をしていたお勢にとって

「来ましたっ。いま街道を西の方向へ！」

に振り返った。お勢である。

部屋の中では、

「さあ、手習いのつづきだ」

誠之介は浮き足立った子供たちをまた座らせた。

お勢の乗った駕籠は青木家の行列を追い、人足がかけ声を落とし追い越したのはすぐだった。先頭に露払いの若党が二人、つぎに屋敷の奉公人を束ねる二本差しの用人がつづき、そのうしろに二枚肩の権門駕籠が悠然と揺れていた。駕籠のつぎには槍持《やりもち》が二人、穂先を上に高々と掲げ、その背後に挟箱持《はさみばこもち》が二人従っていた。屋敷の表門で弥市が聞き込みを入れたあの中間たちである。女気のないところから、内儀は出てきていないようだ。二枚肩は弥市のような日傭《ひよう》取《とり》だとしても、一行は石高で決められた陣容そのままに繰り出してきている。駕籠を馬に替え、供の者どもが甲冑《かっちゅう》をつけたなら、幕府の定めた軍役を即座に

果たせる構えである。伝通院から護国寺《ごこくじ》のほうへゆったりとした歩調で進んでいるのは、それを誇示するためであろうか。

一方、お勢を乗せた町駕籠はかけ声とともに清水谷町を過ぎ、大塚町のみろく屋の前でとまった。あるじ左兵衛がすぐに出てきた。駕籠はふたたび人を乗せ、いま来た道をとって返した。乗ったのは左兵衛でもお勢でもない。みろく屋の番頭である。すべてがきのうの打ち合わせどおりである。

「あたし、やっぱり歩くほうが似合ってる」

呟きながらお勢は街道の人通りと荷駄の行き交うなかを、御箪笥町のほうへ下駄の音を立てている。途中、青木家の権門駕籠とすれ違った。その行列のうしろを、六、七間（およそ十米《メートル》）ほど離れて中間姿の弥市が尾けている。途中手習い処に寄ったのか、誠之介の槍を担いでいた。それが梵天帯で槍持奴《やっこ》の風体ならなんら奇異ではない。

その弥市がニタリと視線をながしたのへ、お勢はプイと顔を背《そむ》けた。駕籠に乗ったり歩いたり、それに槍を持ち出す理由《わけ》を聞かされていないのだ。まだ太陽は東の空で、煮売り屋の暇なのがせめてものさいわいだった。

みろく屋の番頭を乗せた戻り駕籠は、手習い処の前でとまった。子供たちは大喜びのようだ。朝から前掛け姿のお勢が駈け込んできたり、奴姿《やっこすがた》の弥市が長押の槍を取りにきたり、果ては駕籠を降りたみろく屋の番頭が、

「あとはわたくしが」

と、手習いの部屋にまで上がってきたのだ。

「さあ、みんな。わたしはちと急な用ができたゆえ、これより算勘《さんかん》の稽古《けいこ》とする。先生はこの方だ」

誠之介が言ったのへ手習い子たちは歓声を上げた。子供とは日常の変化に興味を示すものである。親たちも代行がみろく屋の番頭とあっては、かえって実学的と喜ぶかもしれない。

誠之介はすぐさま弥市のあとを追った。


（どうも辻斬り退治のときと似てきたなあ）

いま、街道に出張っている者のすべてが思い、青木家の権門駕籠に歩を合わせている。辻斬り犯人を尾行したときは夜だったが、いまは昼間というのが異なっていようか。さらに、尾けている者がいずれも前方だけでなく、周囲にも気を配っているのも違っている。岩太が、いずれかに尾いてきているはずだ。

行く先が分からないのであれば、どこにどう現われるか見当のつけようがないのだ。

「――事前に見つけることだ」

昨夜の算段はそこまでだった。ともかく岩太を罪人にしてはならない。駕籠行列の二、三間（四、五米《メートル》）あとに手代をつれた左兵衛が歩を踏んでいる。脇差の代わりになる長煙管《ながぎせる》を腰に差した姿に、町の住人であろう辞儀をする者もいる。日常の風景である。そのすぐうしろに岡っ引の仁助がふところ手でつづき、さらにその斜め背後には儒者髷を網代笠《あじろがさ》に隠した誠之介の姿が見える。袴《はかま》を着用して稽古着の腰に大小を帯び、武芸者が供の者をつれ街道を散策しているような風情だ。もちろん供とは、槍を担いだ弥市である。職人や物売りに旅人、さらに武士までそろった街道に、それらは溶け込んでいる。だがよく見れば、いずれもが草鞋《わらじ》を足にしっかりと結びつけている。ぶらりと出たにしては奇異だが、人通りの多い往還にわざわざ他人の足元に気を配る者はいない。

「護国寺じゃないようですねえ」

「うむ」

手代が言ったのへ、左兵衛は頷きを返した。行列は護国寺に向かう枝道には折れず、街道をまっすぐに進む。すでに一筋のおなじ道でも小石川界隈にくらべ人通りが極端に少なくなっている。権門駕籠を尾ける面々は、道行く人の多少に合わせ、さきほどより間隔を広げている。

(みょうだ)

尾ける者のいずれもが思いはじめていた。周囲には田畑のみが広がる見晴らしの利く地になったなかに、岩太の気配がまったく感じられないのだ。

太陽はすでに中天を過ぎている。

肩をならべた槍持奴の弥市が誠之介に顔を向けた。

「この道中のいずれかに、青木家の拝領地でもあるのでしょうかねえ」

「それだ！」

誠之介は返した。岩太は青木屋敷に顔を出したとき、中間たちから拝領地も聞き出しているはずである。

「なんですか旦那。びっくりするじゃありやせんか」

「聞いておらぬか、その拝領地とやらを。そこに菩提寺があるはずだ。岩太はそこへ先回りしておるぞっ」

「あっ、迂闊《うかつ》でやした。そこまでは」

弥市が返したときだった。

「ほれ」

誠之介は前方の右手方向に視線を向けた。集落が見える。

「おっ」

歩を進めながら弥市は目を凝らした。権門駕籠の一行は、その集落に向かうのであろう。右への枝道に入ったのだ。

この変化に、前方を行く左兵衛とその手代が、誠之介と弥市を待つように歩をとめた。仁助もそこに加わり、集落へ向かう駕籠の一行と後方の誠之介らを交互に見る。

「急ぐぞ」

「へい」

誠之介と弥市は速足になった。集落の奥手に、ひときわ大きな藁《わら》屋根が見える。お寺であろう。

「急がねば！　岩太は先回りしているぞ」

走り寄った誠之介は槍持の弥市を従えたまま駕籠の一行とおなじ脇道に駆け込んだ。一行はすでに集落の中に入っている。かなりの村人が村内の往還に出ているのが見えた。出迎えであろう、村の奥の寺までつづいているようだ。

それらはざわついた。武芸者風と槍持奴、それに町者らしい三人が一丸となって駆け込んできたのへ驚愕の表情を見せている。突然村人らは奥手のほうへ振り返った。背後に騒ぎを聞いたのだ。

果たして岩太は先回りしていた。昨夜からなのか、それともきょう早朝なのか、それは分からない。髷《まげ》はさほど乱れておらず紺看板も梵天帯も捨て、三尺帯に単衣《ひとえ》の尻を端折《はしょ》った身軽な出で立ちだ。腰の物はやはり脇差であった。裸足なのはぬかるみのなかに屋敷を出たなごりか、それとも素早い動きをとるためか。駕籠の一行が茅葺《かやぶき》屋根の山門をくぐるなり、

「カタキーッ」

鐘楼《しょうろう》の陰から飛び出したのだ。担ぎ棒の二人が思わず肩から駕籠を落とし、

「ううっ」

青木郷三郎が引き戸を破って転げ出た。

前方の用人は振り返り、

「なにヤツ！」

駆け寄る。抜き身を振りかざした岩太は駕籠の至近距離に迫っている。若党

二人が抜刀し郷三郎と用人を護る構えに入った。

「あっ、あんた！」

挟箱持の一人が叫び、

「おっ」

もう一人もそれが屋敷へ聞き込みに来た岩太であることに気づいた。

「浩助の無念！　思い知れっ」

地面に尻餅をついている青木郷三郎に岩太は抜き身を振り上げ、叫び声とともに飛びかかろうとした。若党二人は抜刀しているものの及び腰で踏み込む間合いを失っている。

「おおぉぉっ」

用人はようやく刀の柄に手をかけた。それと同時に槍の長柄《ながえ》が、迫る岩太の前に突き出された。中間とはいえ槍持のとっさの動きである。その柄は長く、槍持にすれば自分に向かってきたのではなく安心感もあったろうか。突き出した槍が岩太の足に当たった。

「おぉうっ」

足がもつれ崩れそうになった体勢のまま岩太は脇差を打ち下げた。切っ先が用人の羽織を裂いた。

「うぐっ」

のけぞった用人は地面に腰を打ちつけ、抜き身の切っ先は境内に小さな土ぼこりを上げた。体勢はすでに崩れている。一撃に失敗したのだ。

「狼藉者《ろうぜきもの》っ」

その背に若党が精一杯の罵声を浴びせ刀を振り下ろした。

「ぐぇーっ」

血潮とともに岩太は身をのけぞらせた。もう一人の若党も踏み込み袈裟《けさ》斬りに岩太の背を裂き、血潮が駕籠にまで飛び散った。

「うぬぬっ。浩助を殺し、うぬはおめおめとぅっ」

岩太は声を絞り身を立て直そうとする。

「やりおったかあっ」

誠之介が茅葺の山門に飛び込んだ。弥市や仁助らもつづいている。青木郷三郎と用人はすでに腰を上げていた。ようやく用人は抜刀したものの、青木郷三郎は刀を駕籠の中に置いたままか無腰で裃《かみしも》が乱れている。駕籠舁《か》きの中間たちはいち早く駕籠を放り出し境内の隅に逃げていた。

「岩太ーっ」

走り寄り、崩れ落ちようとする岩太の身を支えた誠之介の声に、

「よこせっ」

青木郷三郎の声が重なった。長槍の柄がすぐ手の届くところにある。郷三郎は引っつかみ石突《いしづき》が背後の駕籠に当たった。

「えいっ」

突き出した。

「うぐっ」

まぐれか槍身が誠之介が支える岩太の脾腹《ひばら》を刺した。息絶える岩太の眸《め》が誠之介と合った。

「岩太っ」

叫んだのは弥市であった。ともに岩太の身を支えている。誠之介は岩太を刺した槍身を引き抜き、青木郷三郎をハッタと睨《にら》んだ。郷三郎はその武芸者風の視線にたじろぎ、

「狼、狼藉者ゆえっ」

「なにいっ。やいやい、てめえら」

弥市が岩太の肩から手を離し、片方の手で誠之介の短槍を地に立て叫んだ。

「将軍家ご法度の賭場の開帳を無垢《むく》の浩助にかぶせ、さらにまた岩太を殺しやがったな」

境内にも山門にもすでに村人らが馳せ寄せている。

挟箱の中間二人が荷を担《にな》ったまま一歩踏み出た。顔面は蒼白である。きょうの墓参のあることと拝領地がここであることを岩太に訊かれるまま教えたのは、この二人なのだ。震える声をそろえた。

「この、この者。殿さまが成敗なされました」

「浩助の同郷の者にござりますっ」

その横で、とっさの動きを見せた槍持はただ茫然としている。やはりたまたまの動きであったようだ。

「なに！」

青木郷三郎はようやく、いま起きた事態を悟ったようである。その表情に誠之介はかぶせた。

「青木屋敷のご当主であるな。それがしは」

——播州姫路浪人

言いかけて飲み込み、

「小石川の住人、秋葉誠之介と申す」

言い直し、

「浩助とやらは知らねど、いま眼前に息絶えた岩太は当方いささか存知寄りの者。身分低き者なれば武家の御掟《ごじょう》により敵討《かたきう》ちは成り難く、この場にて貴殿に遺恨《いこん》の果し合いを申し込む。受けられよ」

弥市の立てた短槍を取って身構えた。

「おおぉぉお」

境内を埋めた村人らは、降って湧いた事態に呻《うめ》きとも唸《うな》りともつかぬ声を上げた。秋葉と名乗った武芸者風の言が、理に適《かな》っていることは理解できる。敵討ちが武家に許された作法であっても、目下《めした》の者の仇討《あだう》ちは成立しない。浪人であっても双方納得の果し合いは成り立ち、乱暴狼藉にはならない。

村人らはつぎの展開に固唾《かたず》を呑んだ。寺の住持も出てきているが、眼前の事態になす術《すべ》を知らない。

「猪口才《ちょこざい》な」

青木郷三郎は数歩下がって槍の間合いをとり、身構えた。対手《あいて》の槍の柄は短く、しかも背後にいる四人は木刀の中間と無腰の町人であることを看《み》て取っている。その見通しは用人や若党らもおなじだった。戦闘要員の数も武器も断然有利である。左兵衛の腰にある長煙管に威力のあることを、この者らは知らない。それらは、

「殿！　ご安堵を」

あるじ郷三郎の左右を固めるように散開した。

「秋葉さま、助《すけ》っ人《と》いたしますぞ」

「無用」

左兵衛の言葉に誠之介は返し、

「分かりました」

左兵衛は手代とともに身を引き、仁助と弥市もそれに従った。青木家主従と秋葉誠之介のあいだに歴然と力の差があることを、左兵衛も仁助も看て取っている。弥市も何度か修羅場《しゅらば》をくぐっており、見分けはつく。青木郷三郎やその用人らは、それを見抜けるまでの鍛錬《たんれん》は積んでいないようだ。四人が身を引くのを待っていたかのように、

「おりゃあーっ」

　郷三郎は長槍を突き出した。柄と柄のかみ合う乾いた音と同時に、

「おおぉぉぉ」

　長槍の尖端は宙に舞い、その下をかいくぐるように誠之介の身は飛翔した。

　声は村人たちである。つぎの瞬間、

「うぐっ」

　郷三郎は血飛沫《ちしぶき》を上げてのけぞり身をそらせた。短槍の穂先が首筋から胸に走ったのだ。長槍の柄を誠之介が撥《は》ね上げた瞬時に勝負はついていた。だが、郷三郎の身が血潮を噴いてからも誠之介は容赦しなかった。相手は手負いの岩太を刺し殺したのだ。郷三郎がうしろへよろけようとした刹那《せつな》、誠之介は動きをとめた腰に力を入れた。槍身がかすかに陽光を反射するなり両の腕に手応えが伝わる。

「うっ」

　極度に短い呻《うめ》きとともに郷三郎の身は蝦《えび》のごとく前のめりになり、引き抜かれた槍身を追うように崩れ落ちた。即死であった。心ノ臓を刺し貫かれていたのだ。

「キエーッ」

若党の一人が狂ったように飛び出した。

「よしなせえっ」

太い声と同時にみろく屋左兵衛の身が躍った。ほとんど同時に刀が地に落ちる音を、境内を埋める誰もが耳にした。

「果し合いはもう終わったのですぜ」

言う左兵衛の右手には、何事もなかったように長煙管が握られていた。かたわらでは、

「むむむっ」

用人が呻いている。短槍の槍身を喉元に当てられ、動きを封じられているのだ。この間の動きに、誠之介の頭から網代笠が落ちることも曲がることもなかった。

仁助が一歩進み出た。

「村の衆、ご覧のとおりだ。紛れもなく侍同士の果し合いでござんしょう。おっとあっしは」

周囲を見まわしながらあとをつづけ、

「こことは街道一本の小石川で、八丁堀から御用の筋を預かっている仁助とい

う者だ。見知りおいてくれ。奉行所への届けはあっしがしておきやしょう」

「おおぉぉ」

「そりゃあ、ありがたい」

村人たちから安堵の声が洩《も》れる。境内を埋めた者たちの思いは、すでにこの先に向けられていたのだ。

江戸近辺の村々は旗本の拝領地が多い。しかし、自前で代官所を置くのは千石級の高禄でなければできない。村内で刃傷沙汰や盗難があったときには村内で処理し、奉行所への届けはむろん犯人の江戸府内への護送まで自前でやらねばならない。人数を割いて江戸まで送るとなれば、費用も手間もけっこうかかる。だから村での揉め事は寺も一緒になって秘匿《ひとく》し、他所《よそ》から入ってきた盗賊などは、捕まえるよりも追い払うことをもっぱらとしている。

だが、いま眼前で起きた刃傷を伏せておくことはできない。その処理を、奉行所の同心から身分保証の手札をもらっている江戸府内の岡っ引がすべてやってくれるというのである。

住持が進み出てきた。

「お世話になりますよ」

言ったのはみろく屋左兵衛であった。青木郷三郎だけでなく、岩太の弔《とむら》いである。住持は大きく頷いていた。

（十八）

道一筋で結ばれているとなれば、噂のながれるのは早い。その日のうちに小石川を抜け、町々はむろん外濠の城門から武家地へもながれ込んだ。

翌日には、

「さすがは武家のお内儀だぜ」

町家が皮肉を込めて言えば、

「ご心痛のほどが……」

武家地は言う。

青木家の内儀は用人から知らせを受けるなり息子の元服《げんぷく》を城の目付に届け出て、通夜も葬儀も拝領地の菩提寺で執《と》りおこなう手はずをととのえ、小石川の道中に遺体を運ぶなどとみっともなく目立つようなことはしなかったのだ。

「あるじ郷三郎は拝領地に入り込んだ不逞《ふてい》の浪人と太刀を合わせ、その供の者を討ち果たしたれどみずからも落命」

　噂を女中たちにながさせた。

　だが、限られた口が町家のかわら版にかなうはずがない。二日も経れば伝通院の門前に、また護国寺音羽町の角々にと、人の集まるところにかわら版売りは徘徊《はいかい》し一枚刷りの速報はながれていった。その内容に浩助なる中間の死因が、屋敷での賭場開帳にあったことが明らかにされ、果し合いの原因が同郷人による敵討ちへの助っ人であったことも明示されていたのは、かわら版売りに語った弥市の口が物を言っていたろうか。そこに登場する凄腕《すごうで》の浪人の名が明かされていないのは、仁助の睨みが利いているように見受けられる。


　かわら版を買ったという客が煮売り屋に来てそれを話題にした日、お勢の機嫌は悪かった。職人風の男たちだった。

「あれで青木家とかいう旗本のお家がまだつづくんなら、おいら裏門町の屋敷へ石を投げてやるぜ」

「そうそう、棟梁《とうりよう》が言ってたぜ。博打《ばくち》の厳禁は幕府のご法度でよ、悪い奴を罰するのは吉宗《よしむね》将軍さまのご治世の根本だってなあ」

「なんだおめえ難しいこと言いやがるが、ともかくだ、その禁を犯して殺しまでやったお家なんだからよお、そこへ大勢でおしかけて打ち壊すなんざ将軍さまのご意志にも適《かな》ってらあよ」

酒が入っているせいか、往還にはみだした縁台に腰かけ息巻いている。職人たちが大っぴらなのは、まわりの町衆が同感だということを知っているからであろう。だが声が大きくなりすぎたのか、

「おめえら、いい加減にしねえか」

奥から老爺《おやじ》の叱声が飛んだ。

「へへ。そう言うおめえさんだって、おんなじ気持ちだろが」

職人たちは返していた。

それらが腰を上げたすぐあとだった。枝道から誠之介がふらりと出てきた。そろそろお勢が夕飯を運ぶ時分だが、自分のほうから来たようだ。

「誠之介さま！」

姓よりも名を呼んだものの、お勢の口調には棘《とげ》があった。

「どうした。目にほこりでも入ったか」

「そんなんじゃありませぬ。わたくし、かわら版で初めて詳しい内容を知りま

した」

「なにを？」

「青木郷三郎の一件です」

「あゝ、あれか。おまえはもう町家の煮売り屋の娘だ。血腥《ちなまぐさ》い話とは無縁のほうがよい」

やわらかく包みこむような眼差《まなざ》しをお勢に向け、

「岩太なあ。可哀想なことをしたが、野辺《のべ》送りはみろく屋の肝いりで村の寺がしてくれたが、骨はきのう弥市が日光街道に走って納めてきた。奉行所のほうは仁助がよう働いてくれた。で、きょうのおかずはなんだ」

お勢の役目は、あの日の断片的な使い走りだけだったのだ。誠之介に膨れ面を見せたものの、それ以上なじることはなかった。なじれば、岩太を死なせた失態を責めることにもなるからだ。

「みなさま、ようまとまりあそばして」

それでもやはり皮肉を含んだ声音《こわね》に、

「旦那、よくやってくださんした。町には、何事もないのが一番でございますからねえ」

奥で烏賊《いか》を焼きながら、老爺がお勢をたしなめるように声を投げてきた。この烏賊焼きは老爺の好みか、塩味が薄く効き美味である。

誠之介は爪楊枝を口に満足げに腰を上げ、枝道に戻った。初秋を感じさせる一日が暮れかけていた。

「おや、旦那。お帰りですかい」

長屋の路地から弥市が飛び出てきた。

「へへ。あっしはこれからで」

単衣の着流しに紫がかった派手な帯を締めている。

「おっと旦那。きょうも昼間、いつかのあのお侍、手習い処のまわりをうろついてやしたぜ。じゃあ、あっしはこれで」

街道のほうへ消えていった。

いつかの侍……吉沢秀太郎である。かわら版を手に苦笑しているようすが目に浮かぶ。紙面に〝秋葉誠之介〟の文字がなくとも、浪人が旗本と〝槍一本で渡り合い〟とあれば、吉沢秀太郎が気づかないはずはない。

さらに、

――もしや

と、内濠一ツ橋御門外の榊原家藩邸で気づいた藩士はほかにもいるかもしれない。榊原家がまだ播州姫路藩であったころ、城下にあった宝蔵院流槍術《ほうぞういんりゅうそうじゅつ》の道場で秋葉誠之介の右に出る者はおらず、免許皆伝の腕前は江戸藩邸にまで知れわたっていたのだ。

それを思えば、吉沢秀太郎が昼間近くをうろつきながらも訪《おとな》いを入れなかった理由《わけ》は分かる。秀太郎はすでに誠之介の所在を知り、接触までしていることを、藩邸には伏せている。

(藩邸のいずれかの派が不審を感じ、秀太郎に尾行をつけた)

それを察知したため、ほんのすこし前の暴風雨明けにはわざわざ「目立つな」と諭しに来たのに、かわら版の出たあとは、

(おいそれとは顔を出しにくくなった。あくまでも俺の所在を藩邸には伏せるためにか……)

思いながら誠之介は、昼間なら手習い子たちでにぎわう部屋に灯りを入れた。長押《なげし》に視線が向かう。あの日の槍が、ほのかに浮かび上がっている。

あるじを誅殺《ちゅうさつ》した青木家のその後も気になるが、越後の高田となった国許《くにもと》や江戸藩邸の動き次第では、おのれの身に上意討ちがかかるかもしれないのだ。

しかも秀太郎の言を借りれば、
——十五万石の命運が
そこにかかっている。
ならば、場合によってはここが修羅の場に……。
煮売り屋の老爺の皺枯れた声が耳元に揺らいだ。
——町には、何事もないのが
あすの朝が待ち遠しく思える。手習い子たちのにぎやかな声に気が紛れると
いうよりも、安らぎを覚えるのだ。
「裏門町の青木家が拝領地を召し上げられ、禄は蔵米取《くらまいとり》の二百石に減じられた
ようですぜ」
岡っ引の仁助が伝えてきたのは、それから数日後のことだった。
「どうやら、かわら版に煽《あお》られた町の声がお城の評定所に伝わったらしい。断
絶とまではいきやせんでしたが、ま、このへんで我慢しましょうかい」
仁助は言い足した。青木家は禄を減じられながらも、家督は繫《つな》いだようだ。
これも内儀が亭主の弔《とむら》いよりも、お家大事に動いた賜物と言えようか。
（幕府も旗本も、さような仕組みで成り立っているのか）

誠之介は思わずにはいられなかった。

わずかに秋を感じる。

「俺の行くその先には……」

呟《つぶや》いた。国家老の寺尾隼人正や藩邸の吉沢秀太郎に言われるまでもなく、町の手習い処の師匠として静かに生きたい。だが、町の中には多様なことが待ち構えているのも感じられる。

これまでのことは、

(ほんの小手調べ)

そのようにさえ思えてきた。

二　待伏せ

(一)

「遠まわりをしてきたゆえ、尾《つ》けられている心配はない」

日除けというよりも、面体《めんてい》を隠すようにかぶっていた網代笠《あじろがさ》をとり、吉沢秀太郎は苦笑の表情をつくった。旗本の青木家が家禄を大幅に削られてから十日ほども経ていようか、秋を感じる朝があったかと思えば日中は残暑に包まれる奇妙な日がつづいている。

手習い子たちが蜘蛛《くも》の子のように往還へ散ったすぐあとである。秋葉誠之介には吉沢秀太郎の来た目的も苦笑の理由《わけ》も、訪《おとな》いの声を聞いた時点で分かっていた。

「おなじ家中の者の目を気にしなければならんとは、藩に禄《ろく》を食《は》むのも気苦労が嵩《かさ》みますなあ」

閑散となった十二畳の手習い部屋で、秀太郎に座を勧めながら言ったのは決して皮肉からではない。その逆である。秀太郎が周囲の目を警戒するのは、家中の抗争のなかにあって旧藩主の寵臣を誅殺《ちゅうさつ》し出奔《しゅっぽん》した自分の所在を、江戸藩邸の者に秘匿《ひとく》しておくためであることを誠之介は知っている。いわば自分のために、吉沢秀太郎は気苦労を重ねているのである。それを思えば、

「いやあ。青木郷三郎とか申す旗本の件なあ、あの者に手討ちにされた中間《ちゅうげん》がそれがしといささか縁《ゆかり》がありもうして。それでやむなくのめり込んでしまいましてなあ」

誠之介はつい、言い訳じみた口調を舌頭に乗せた。

「ふふふ。それにしてもあのかわら版、よくできておった。肝心のそなたの名が出ておらなんだのは上出来でござった」

秀太郎はふたたび苦笑の表情になり、

「したが」

言葉をつづけた。

「文面に〝槍を一閃《いっせん》〟などとあったのでは、藩邸内で勘《かん》を働かせる者が、それがしの他にもいようからなあ」

長押《なげし》の槍にチラと視線を流した。自重せよ、と秀太郎は苦言を呈しに来たのだ。

「国おもてと違い、やはり江戸藩邸では吉沢どののお味方は多勢に無勢でござろうか」

「無勢どころか、それがし一人でござるよ。ふふ」

逆に労《いたわ》るような口調をつくった誠之介に、秀太郎は苦笑まじりに応《こた》えた。しかし、すぐ真顔でつけ加えた。

「だがな、勤倹厳粛《きんけんげんしゅく》を治世の根本となし、諸家《しょけ》に驕奢懦弱《きょうしゃだじゃく》を戒《いまし》めるのは、将軍家の厳命せられるところ。それがため、下々《しもじも》にも奢侈淫靡《しゃしいんび》に走る風潮を厳に戒めておいでだ。だからわれらが勝たねば、藩そのものが将軍家の御意向に背《そむ》き、それこそ藩主の隠居や国替えだけではすまなくなる。勝たねばのう」

「もちろん、それがしも将軍家のご沙汰《さた》は存じておる。だからこそ俺は、あのとき琵琶湖畔で……」

「おっと、それを口になさるな。おもてになれば上意討ちの命が下り、対手《あいて》を勢いづかせることになる。この地での手習い処は大いに結構と存ずる。いまはただ静かに専念されよ、この道に」

言うと秀太郎は腰からはずしていた大小を右手にとり、

「長居は危険ゆえ」

と、腰を浮かせた。表情は真剣であった。やはり藩邸の目がかわら版の内容を追うのを警戒しているようだ。

玄関口で笠の紐を結ぶ秀太郎へ、

「吉沢どの。それがし、小石川の手習い師匠ゆえ」

誠之介はかぶせるように言った。それを秀太郎がどう解釈したかは分からない。ただ「うむ」と、満足げに頷いていた。このとき誠之介の脳裡には、

『手習い処ってとこはねえ、来ている子たちの家の揉め事まで持ち込まれまさあ。そのときは、厭《いと》わず相談に乗ってやっておくんなせえ』

みろく屋左兵衛の世話で手習い処を開いたとき、煮売り屋の老爺《おやじ》が口にした言葉がながれていた。いまも気になることがあるのだ。

「へっへっへ、旦那。またあのお侍、お出《い》でござんしたね。さっき街道で見かけやしたよ。いったい、なんでございますね」

紺看板《こんかんばん》に梵天帯《ぼんてんおび》の弥市が玄関口から十二畳部屋に上がってきた。まったく秋

葉誠之介に仕える中間の風情《ふぜい》である。数日前までうるさいほどであった蟬《せみ》の声が、ぱたりと止んだように聞かれなくなっている。誠之介と文机《ふづくえ》をはさんで腰を下ろした弥市は、

「この町内にもいろいろとござんしょうに、またどこぞのお武家の揉め事でも持って来られたんで?」

「ははは、その逆だ。小石川の手習い師匠に専念せよと、念押しに来たのサ。俺の捨てた藩からなあ」

「へぇえ。なら、いいことじゃねえですかい、事情は知りやせんが町の師匠に専念たあ。ところで二、三日前《めえ》に頼まれやした件ですがね」

「ほう、どうだった」

弥市が身を文机の上に乗り出したのへ誠之介も合わせた。

手習い子のなかで気になる女の子がいたのだ。京風堂《きょうふうどう》という扇子《せんす》屋の娘で、六歳のサヨを手習い処に連れてきたのは母親ではなく父親の茂左衛門《もざえもん》だった。優雅で実直そうな雰囲気をたたえた人物で、このあるじが扱う扇子ならそれだけで価値も上がろうかと思ったのを覚えている。

そのサヨのようすが、この数日前から気になっていたのだ。手習いが終わる

昼八ツ（およそ午後二時）の鐘が鳴ってもまわりと一緒に歓声を上げるでもなく、ふさぎこんでいる。帰りしな呼びとめて訊《き》けば、

「――おっ母《か》さんがあたいに、お父《とっ》つぁんと二人で暮らしていけるかなんて訊いて、そのときなんだか冷たく感じ、それから夜も眠られず……」

などと、消え入りそうな声で応えたのだった。

「――お父さんにそのことは？」

訊くと、

「――お父つぁんに言えば、なんだかおっ母さんが本当にいなくなってしまいそうで、恐くって」

と、小さな胸に秘め、父親の茂左衛門には何も話していないようであった。

京風堂は手習い処のある御簞笥町《おたんすちょう》からなら伝通院《でんづういん》の手前にあたる、金杉水道町《かなすぎすいどうちょう》で街道に面して暖簾《のれん》を張っており、

「旦那に頼まれるまで、あっしには縁のない店舗《みせ》なので気にもとめやせんでしたがね、近所で当たってみると大《てえ》したお店《たな》でさあ。安物は江戸府内の職人に作らせているようですが、いいのになるとほとんど京から取り寄せ、茂左衛門てえあるじが年に一度、京へ上《のぼ》って直接目利きをして仕入れており、それで屋号

も京風堂っていうらしいんですかね。品は確かで、将軍家肝煎《きもい》りの伝通院の門前にふさわしい扇子屋だって近辺の評判ですぜ。番頭が一人に手代が二人、丁稚《でっち》を四人も置いて卸売《おろしう》りもしているそうで」

「ふむ。で、その京風堂の奥向きは?」

「へへ、それでがすよ。聞きやしたぜ、旦那」

先を急《せ》かした誠之介に、弥市はみずから興味津々《しんしん》といった表情になり、話をつづけた。

「博打《ばくち》仲間に小間物の行商をやってるのがいやしてね。梅次郎《うめじろう》ってえケチな野郎ですが、そいつに当たってみると天の助けでござんしょうか、扇子は京風堂から仕入れているってぬかしやがるんでさあ」

「ほう、京風堂に出入りしておるのか」

「さようで。それも、かなり奥まで」

「奥まで? どういうことだ」

期待の色を示す誠之介に、弥市はあらためて上体をかたむけ、

「あそこのご新造《しんぞ》、おトキさんていうんですってねえ。どういう加減かどっかの仲居さん上がりで、けっこう色っぽいなどと、野郎め口を卑猥《ひわい》にゆがめやが

ってね」

「ふむ」

誠之介が頷《うなず》いたのは、サヨが言ったのと一脈通じるものがあったからだ。同時に、

(尋常ならざるものが)

感じられてくる。

「それぱっかりじゃねえので」

弥市の話はつづき、しかも声を低めた。

「きのうのことなんですがね。護国寺門前の音羽町《おとわちょう》に張っている賭場《とば》で、あっしとその梅次郎が一緒になったと思ってくだせえ」

「思った。それで?」

誠之介は聞く姿勢をとっている。

「野郎、負けが込みやしてね。あっしに二朱貸せって言うんでさあ。米二升買ってまだおつりがくる額ですぜ。それを一回ですっちまいやがって。つぎには胴元のところへ行って、なんと十両貸してくれろなんてぬかしやがるもんだから、ぶっ魂消《たまげ》やしたぜ」

「十両！」

誠之介も思わず声を上げた。十両といえば町家で五人家族が半年は暮らせるほどの額であることは、誠之介にも分かる。それを賭場で一時《いちどき》に借りるなど、尋常ではない。

「胴元も梅次郎の申し出にゃゲタゲタ嗤《わら》いやがってね。そりゃあそうでがしょ。どこか大店《おおだな》の若旦那みてえのならまだしも。行商でどんな値の張る扇子や簪《かんざし》を売っても知れてまさあ。それでも梅次郎め、ねばりにねばりやがって三両ほど用立ててもらってやしたがね」

それもアッという間にすってしまったという。

「あっしは貸した二朱が心配になりやしてね、やつが帰《けえ》ろうとするのを呼びとめたんでさあ。すると野郎め……」

「――心配するねえ。ここ二、三日中に大金がころがり込む手筈《てはず》になってるんでえ。二朱？　笑わせるねえ。二両だろうが二十両だろうが目じゃねえ。百両か、いや、うまくいきゃあ二百両。へへ、この手によう」

梅次郎なる小間物の行商人は言ったらしい。一朱金など、十六枚集まってようやく一両であり、梅次郎が口にしたのはとてつもない大金なのだ。

「借りておいてあの言い草はありやせんぜ。ですがね、じっくり考えてみりゃあ、旦那がわざわざ京風堂に変わったことがないかどうか探れとおっしゃったのと、なにやら繋《つな》がりがあるんじゃねえかと思いやしてね。それできょう、これ、梵天帯を締めなおし、手習いの終わるのを待ってたんでさあ」

「うむ、あるかもしれんぞ」

誠之介は立ち上がり、大小を着流しの腰に差した。

「旦那、どこへ。それに、槍は？」

「ついて来いとは言ってないぞ」

誠之介はもう玄関の三和土《たたき》に下りている。

「それはねえでしょ、旦那ア」

弥市も慌ててつづき、草履《ぞうり》をつっかけた。誠之介は仕方がないといった顔つきになっている。江戸に出てきた当初から〝重宝なやつ〟と思い、問題も引き起こすが実際に役立つ存在となっているのだ。

「へっへへ。あっしが思いやすにはね……」

弥市は角張った剽軽《ひょうきん》な顔を、儒者頭《じゅしゃがしら》に網代笠の紐を結んだ誠之介の横にならべている。誠之介に弥市がつき従っているのは、小石川界隈ではもう珍しいことではない。浪人だが武士に中間、知らぬ者からはまったく主従に見える。実際に弥市はそう思っている。それに、秋葉誠之介の近辺は常に、

——気配に満ちていそうな
弥市にはそんな気がして離れられないのである。

「梅次郎の野郎、京風堂へ出入りするうちに奥向きのなにやらをつかみ、強請《ゆす》っていやがるのでは。それもご新造の色事に繋がることで……やつのあの卑猥な嗤いでさあ」

「ふむ」

歩きながら言う弥市に誠之介は返した。同感なのだ。だが〝なにやら〟がなにか分からない。六歳の娘のサヨは、

「——おっ母さんが本当にいなくなってしまいそうで」

と、言っていたのだ。

行き先は金杉水道町の京風堂である。だが、あるじの茂左衛門から話を聞くべきか、それとも新造のおトキに直接会うべきかはまだ決めていない。

(ともかくサヨのようすが心配で)

と、腰を上げたのである。

手習い処から伝通院手前の金杉水道町へ行くには、まず御箪笥町から街道への角にあたる煮売り屋の前を通ることになる。

「あら、旦那ア。それに弥市さんも。いまからどちらへ」

「なんでえ、なんでえ。いっつも俺を付録みてえに言いやがってよ」

お勢が声をかけてきたのへ弥市はつっかかった。往還にはみ出した縁台に馬子《まご》が二人、小休止か焼き魚の皿をつっついている。

「ちょいと用事でそこまでのう。そうそう、夕飯はここへ食べに来るゆえ」

誠之介は弥市の背を押し、煮売り屋の前を通り過ぎた。お勢も脇道から出てくる吉沢秀太郎を見かけているはずである。一度手習い処で秀太郎と顔を合わせ、誠之介の内儀と間違われて顔を赤らめたことがあり、あるいはきょう、秀太郎からかわら版の内容についてなにか訊かれたかもしれない。それを話題にするいとまもなかった。

誠之介は歩を進めながら問いを入れた。

「へえ。まあ、そういう感じで」

街道に出れば御箪笥町から金杉水道町までは十丁（およそ一粁《キロ》）ほどである。

行き交う往来人や大八車、荷馬の人足たちから、着流しだが網代笠に大小を差した侍、二本差しの誠之介と挟箱は担いでいないが紺看板に梵天帯の弥市は、それこそ主従のように見えていることであろう。弥市は得意気に歩を踏んでいる。その足は金杉水道町に入った。

「ごめん」

あるじ茂左衛門の性格か、暖簾を分け、常に隅々まで掃除の行き届いている京風堂の玄関に足を入れた。二人とも、前を何度も通っているが暖簾をくぐるのはこれが初めてである。凝った棚に京風の扇子がならべられ、これも茂左衛門の意思か店に気品の高さがうかがえる。

「これはこれは、手習い処の秋葉さまでいらっしゃいますね。あいにくあるじ茂左衛門は他出しておりまして、わたくし、番頭の治平《じへい》でございます。あっ、そちらは御簞笥町の弥市さん」

と、番頭の治平はすぐさま板の間に正座をし、慇懃《いんぎん》に迎えた。治平は二人を知っているようだ。お嬢さまのサヨの手習い師匠というよりも、かわら版の人物が誰であるかは地元の小石川では十分に知られているのだ。

「へへ」

と、誠之介の背後に立つ弥市は得意気な仕草を見せる。

「いましばらく、奥へ知らせて参りますゆえ」

治平は丁稚に命ずるのではなく自分で腰を上げた。

「いやいや、通りすがりにちょいと寄ったまで」

「いえ、すぐですので」

治平は店の板の間から奥への廊下へすり足をつくった。

誠之介は迷った。いま直接、新造のおトキに会うべきかどうか。サヨの話では、おトキになにやら問題がありそうなのだ。番頭の治平はすでにおトキへ誠之介の来訪を知らせるため奥に消えている。

（二）

一月《ひとつき》ほど前のことである。小間物行商の梅次郎は護国寺門前の音羽町をながしていた。場所柄、おもて通りには料亭や茶屋がならび、扇子や櫛《くし》、匂い袋など小間物の需要は他の町より多い。それに、一歩枝道に入れば奥座敷を備えた出合茶屋もあり、さらに路地奥には岡場所も点在している。昼間であった。梅次郎はおもて通りの料亭で裏手の台所を借り女中衆に小間物を広げたあと、ふたたび柳行李《やなぎごうり》を背に枝道に入った。おもて通りからは死角になった往還に出合茶屋が数軒、屋号を小さく染め抜いた暖簾を遠慮気味にならべている。こうした茶屋ではおもての料理屋のように、来た客を威勢よく迎えたりはしない。玄関の暖簾とおなじように低声《こごえ》でそっと迎えて奥に通し、帰るときも見送りなどせずそっと帰す。そうした茶屋の通りは昼間も夜も静かである。梅次郎は柳行李を背に、勝手口のある路地に入ろうとした。そのとき、商家のご新造風の女が暖簾から出てきた。

「——あっ」

梅次郎は思わず低声を出した。女もそれに気づいて顔を上げ、

「——アッ」

おなじように小さな声を出し、足をその場に棒立たせた。京風堂の新造おトキだったのだ。出合茶屋で密会する男女で、一緒に入って共に出てくるような頓馬《とんま》はいない。梅次郎は機転を利かせた。

「——これはご新造さま、お得意への挨拶まわりでございますか。わたくしも商《あきな》いの最中でして」

と、その場をそそくさと離れ、振り返った。おトキはまだ茫然《ぼうぜん》とその場に立ったまま梅次郎を見つめていた。そのようすから、

（――決まりだ）

梅次郎は確信を持ち、おトキに軽く会釈して路地へ入り、すこし間をおいてからさきほどの脇道をのぞくと、もう姿はなかった。

「――ふふふ」

不気味な含み嗤いをしながら梅次郎は脇道へ出て、荷を担ったままおトキの出てきた出合茶屋の前をゆっくり通り過ぎ、角を曲がってから振り返った。

「――えっ」

と、これには梅次郎も驚きであった。そそくさと出てきたのは、なんと番頭の治平だったのだ。

こんどは遠慮なく近寄り、

「――へへへ、治平さん。おトキさんはさきにお帰りだったようで。お二人とも、危ねえことをなさいますねえ」

声をかけた。番頭さんともご新造さんとも言わず、名を口にしたのは、二人に対するある種の意思表示であった。口調も行商人の辞を低くしたものではな

い。不意のことに治平はおトキとおなじように足を硬直させ、事態を悟ったかみるみる顔面蒼白となった。

「——きょ、きょう初めて。い、いや、仕事、仕事で」

「——ま、それはともかく。あっしはいま仕事中なもんで、また店舗《みせ》のほうへお伺《うかが》いしまさあ」

しどろもどろの治平へかぶせるように言うと、さっきとおなじようにさっさとその場を離れた。強請《ゆすり》も間合いの取り方によって得る額が違ってくる。行商で人のさまざまな光景を見聞《けんぶん》し、賭場へも頻繁に出入りしている梅次郎にとって、そのあたりの呼吸は心得たものであった。

それに茶屋の女たちから、おトキと治平が一年も前からこの茶屋の常連であったことを聞き出すのも容易だった。正面切ってなら、茶屋の女たちは口が固い。だが、いつもの行商人が話題のついでにちょいと訊くのは困難ではない。しかも梅次郎は女の機嫌をとるのが商売の小間物の行商なのだ。

十日ほどの間を置いた。この間、おトキと治平にとってはまさしく針の莚《むしろ》であった。二人は話し合い、口止め料に五両ほど用意し、さらに十両へと上乗せしていた。理由《わけ》がある。姦通の揉め事を収めるのは、十両ほどが世間の相場だったのだ。

梅次郎は京風堂に顔を出した。それも、あるじ茂左衛門のいないときを見計らってである。

店場とは別部屋にいざなわれて相場の十両を目の前に積まれたものの、梅次郎の態度は十日前とは一変していた。

「――ご新造さんに番頭さん、こんな金子《きんす》など滅相もありません。あのときわたしはとっさのことでつい横柄な態度をとってしまい、まことに申しわけありませんでした」

と、ことさら辞を低くするのである。これには二人とも面喰《めんくら》い、梅次郎の言葉はさらにつづいた。

「――以前から旦那さまは気づいておられました。ただ証拠がないだけで、実はそれを見つけるよう、わたしは旦那さまから頼まれていたのでございます。お二人の、その、密会の現場さえ分かれば、踏み込んで……」

姦婦姦夫の成敗は、俗に言う二つに重ねて四つにしても罪にはならない。世俗の民事をわざわざ奉行所に持ちこむなとのお上の発想だが、敢《あ》えて公事《くじ》にすればさっさと二人とも死罪になり、ことに治平は主人の妻に通じたのだから獄《ごく》門《もん》（さらし首）は免れない。

「――旦那さまは生真面目なお方ですから、こういう場合、どんな処置にも躊《ちゅう》躇《ちょ》はされますまい」

おトキも治平も、茂左衛門の潔癖《けっぺき》さはよく知っている。梅次郎の言に震えながら頷きを入れざるを得ない。言葉はなおもつづいた。

「――さようなこと、わたしにとっては目覚めが悪うございます。それにわたくし、男女の機微《きび》は心得ているつもりです。逃げてくださいまし。段取りはわたしがつけてもようございます。行商で旅慣れておりますから。そうそう、いずれの地に行かれても、そこで生活《たつき》を立てられるよう商いをする準備を、これだけはお忘れなく。それでは、旦那さまのお戻りにならないうちに」

梅次郎は京風堂を辞した。

それから三日が過ぎ四日がたち、さらに十日を経ても京風堂に波風は立たなかった。梅次郎は茂左衛門に洩らしていないのだ。そのような梅次郎を、おトキと治平は信用した。だが、このまま現状が推移しても、〝二人〟の将来《さき》は見えている。首と胴は離れる。それが天下の御掟《ごじょう》なのだ。ならば……選ぶ道は一つしかない。二人は準備に取りかかった。

数日がたち、梅次郎がかたちばかりの仕入れに京風堂へ顔を見せた。店にいたあるじの茂左衛門と気さくに話し、梅次郎は仕入れた扇子を柳行李に入れると、すぐに店を出た。番頭の治平は気が気でなかった。

「――あっ、梅次郎どん。ほかにもいい品が！」

とっさに理由をつけ、街道に梅次郎を追った。

「――待っていましたよ、番頭さん」

梅次郎は立ちどまった。路傍《ろぼう》で小間物の行商人と扇子屋の番頭が立ち話をしていてもなんの不思議はない。組み合わせはむしろ自然である。

「――決心はつきましたか」

「――むろん。準備も」

「――ならば」

駆け落ちの日取りがその場で話し合われた。このようすを物陰からおトキが心配そうに見つめていた。

それからまだ数日も経ていなかった。

誠之介は京風堂の店先で、

（父親の茂左衛門さんならともかく、母親になにをどう話すべきか）

まだ迷っていた。弥市はおトキが艶っぽいという評判なので、そのほうにワクワクしているようである。

番頭の治平は言ったとおりすぐに出てきた。おトキが一緒だった。

「まあまあ、これは手習い処のお師匠さま。母親の身でまだ挨拶にも伺わず失礼いたしております」

すり足で出てくるなり板の間に三つ指をつき、

「あ、手習い処にはお中間さんがいなさると娘が言っておりましたが、そちらさまでございますか。これ、お中間さんにもお茶を。で、お師匠……おサヨがなにか……」

丁稚に命じると、視線をふたたび誠之介に向けた。商家のご新造らしく愛想がよく、気配りもできている。だが、立てこみでもあるのか手習い処の師匠が来たというのに奥へとは言わない。

「いやいや。きょうは通りすがりに寄ったまで。おサヨはなかなか利発なお子にて、この店構えを見て納得しました。ただそれだけでござれば」

誠之介は弥市をうながすようにきびすを返した。

「さようでございますかぁ」

言いながらおトキは、敷居を外へまたごうとする誠之介と弥市を追うように三和土へ下り、

「お師匠。おサヨのこと、くれぐれも、くれぐれもよろしくお願いいたしまする」

腰を折りふかぶかと頭を下げた。おトキのその姿を、板の間から治平は落ち着かないようすで見ていた。


「どう思う、弥市」

「へっ、どう思うって？」

誠之介と弥市は街道を返している。

「あのご新造さ」

「へえ、噂どおり艶っぽかったですねえ。それに、お勢さんと違ってあっしにまで気配りしてくれて。さすがはお座敷上がりのお人でさあ」

「それは俺も感じたが、俺たちを引きとめもせず、それにおサヨのことをくれぐれも、くれぐれもと二回もつづけた。尋常ではない」

「そりゃあてめえの娘のことでさあ、くれぐれも大事にしてもらいたいんでござん……あっ、まるで里子にでも出すような」

「さよう、それに近い。さらにあの番頭、どうも落ち着きがなかった。新造の異常をなにか知っているのでは……弥市よ」

誠之介は足をとめた。

「へえ」

あらたまった誠之介の口調に、弥市は塗り笠の顔へ視線を向けた。弥市もなにやら事件の起ころうとしているのを感じとったか、期待を込めた表情になっている。

「小間物行商の梅次郎とやら、きのう、二、三日のうちにと言っていたのだなあ。百両か二百両の大金が入ると」

「さようで」

「そやつのきょうの居場所は分かるか」

「さあ。行商でやすから、きょうはどこをながしているやら。ですが、塒《ねぐら》は小石川界隈の大塚仲町《おおつかなかまち》で高源寺《こうげんじ》門前の裏店《うらだな》って聞いておりやすが」

大塚町や御簞笥町とおなじ街道筋で、一連の町家は護国寺近くの東手までつながっている。護国寺門前の音羽町もすぐ近くで、梅次郎がそこの賭場に出入りしているのも頷ける。

「ならばそこを当たって梅次郎のきょう、あすの動きを調べてくれ。俺はこれからみろく屋に行く。京風堂について、なにか分かるかもしれぬ」

「へい、がってん承知」

といってても途中まではおなじ方向である。二人は足を速めた。

「あらあ、夕飯にはまだすこし早いようですが」

御簞笥町でお勢がまた盆を持ったまま声をかけてきた。縁台には別の客が座っている。三人ほど、職人のようだ。

「へへ、用事、用事。晩めしは遅くなるぜ」

「おそらく」

速足のまま誠之介がつないだ。

「もう、なんですよう」

お勢は悔しそうに足踏みをした。岩太の件では詳細を知らされず、いままた誠之介と弥市は素通りしてしまったのだ。

誠之介が弥市に言葉をつないだとき、店の奥に老爺《おやじ》の影がチラと見えた。

『手習い処ってとこはねえ、来ている子たちの家の揉め事まで持ち込まれまさあ』

耳にまた皺枯れた声がよみがえってきた。

(そのときは、厭《いと》わずに……か)

誠之介は念じ、

「急ぐぞ」

「へい」

二人はさらに速足になった。荷を満載した大八車を追い越し、その二人の横をまた町駕籠が掛け声とともに土ぼこりを立てていった。

「ではな、頼んだぞ」

ふたたび誠之介が言ったのは、〝人宿《ひとやど》〟の看板を出しているみろく屋の前であった。

「任しておくんなせえ。梅次郎の塒など、すぐに分かりまさあ」

弥市は街道をさらに西へと進んだ。

まだなにが起ころうとしているのか分からないまま、誠之介が焦りにも似た思いを感じるのは、出足がほんのわずか、まさしくわずか遅れたばかりに岩太を死なせてしまった、悔やまれる経験があるからに他ならない。

（三）

「なんと！　京風堂に嫁入ったおトキさんが!?」

誠之介の話に左兵衛はみょうな応《こた》えかたをした。驚いているばかりでなく、おトキをよく知っているような言いようであった。

みろく屋の奥座敷である。左兵衛は誠之介の訪《おとな》いにただならぬものを感じ、話に京風堂の名が出るなり番頭を呼び同席させたが、すぐに中座して部屋はまた誠之介と左兵衛の二人となっている。

「あのおトキさん、よく知っておりますよ」

左兵衛は言う。思い出すような口調になっていた。

おもての街道をおトキがふらふらと歩いているのをみろく屋の手代が見つけ、女中が声をかけて店にいざなったのは、

「もう十年も前のことになります」

左兵衛は話す。そのときの手代が、いまの番頭だという。

いずこも農村では喰えず、村の口減《くちべ》らしかみずから村を捨てたか、武州《ぶしゅう》あたりから腹を空《す》かせ川越街道をよたよたと江戸へ向かう者はけっこう多い。江戸へ出てきても請人《うけにん》のいない浮浪者を雇うようなところはない。多くはさらに喰いつめ、ご法度の裏街道を歩むことになる。女ならその先の悲惨さは目に見えていよう。

街道でみろく屋の目にとまった者は幸運である。声をかけられ、しばらく店の裏手の長屋に寄子《よりこ》として住まい、日傭取《ひようとり》の仕事をしながらみろく屋が請人になって奉公先が見つかるのを待つ。

「――手前どもも商いになり、なにより人助けにもなりまするよ」

以前、左兵衛は誠之介に言ったことがある。それで小石川界隈では、屋号からの連想もあろうが〝弥勒《みろく》の左兵衛〟などと二つ名をとってもいるのだ。

女中が声をかけたとき、おトキは素足で着物は垢《あか》じみて髷《まげ》の崩れた髪《かみ》にはほこりをかぶり、手足も顔も煤《すす》けていたらしい。

「それが湯に浸《つ》からせて着物もととのえさせると、意外と整った目鼻立ちをしているので、店の者がよく気づいて呼びとめてくれたものだとホッとしたものですよ」

それをもし無頼のヤクザ者がみろく屋より先に気づいていたら、おトキのその後は人には言えないものになっていたろう。

「運よくうちの寄子となってからすぐ、水道橋御門の近くで水戸さまの御用も賜《たまわ》っている割烹《かっぽう》から住み込みの女中を一人と依頼があり、おトキをそこへ出しましてな。しばらくしてからようすを見に、その割烹の座敷に上がってみたのですよ。するとなんと美形の仲居《なかい》に変貌しておりましてね、女とは磨けばこうも変わるものかと驚いたものですよ。それだけまたおトキは生き生きと働いているわけでもあり、ひとまず安心しましてな」

左兵衛の話はさらにつづいた。

「それが二年も経たころだったか、金杉水道町の京風堂さんの目にとまりましてな」

「ふむ」

誠之介は相槌《あいづち》を入れた。ようやく京風堂の名が出てきたのだ。

「おトキが京風堂に移ると聞いたとき、てっきり奉公の鞍替えかと思っていたのが、なんと茂左衛門さんの嫁ということだったのでまたまた驚きでしたよ。あの容姿なら納得もできますがな」

左兵衛はこの話のなかで初めて笑顔をつくったが、

「その後お子もでき、それが秋葉さまの手習い子になったとはこれも因縁かと秘かに思っていましたのじゃ」

と、すぐ真顔に戻り、

「うーむ、その娘のおサヨがさようなことを。そこへ番頭の治平さんに行商の梅次郎どんまでからんでいそうとは」

大柄な一文字眉の首をひねった。むろん治平も梅次郎も小石川界隈の住人だから、左兵衛は見知っていた。だが両名ともみろく屋を通じていまの職にあるわけではないので、その素性までは知らなかった。

「旦那さま、清水谷の仁助さんをお連れいたしました」

襖《ふすま》の向こうから番頭の声が聞こえた。あるじの左兵衛に言われ、岡っ引の仁助を呼びに行っていたのだ。仁助の塒《ねぐら》は御簞笥町と大塚町の中間にある清水谷町で、女房が小ぢんまりとした小間物屋を開いており、おなじ小間物の行商をしている梅次郎についてなら、詳しく知るところもあるのではと思えたからだ。

それに、大塚仲町は仁助の縄張でもあるのだ。

「道みち番頭さんから聞きやしたが、京風堂さんになにかありやしたので？」

左兵衛とは対照的な薄い眉毛に細く鋭い目つきの顔を見せ、

「梅次郎がいってえなにを」

と、その場に座を占めた。部屋には番頭も入れ、四人となった。

話はつづけられ、さすがは岡っ引か仁助の飲み込みは速かった。

「あの野郎ねえ、行商にしちゃあみょうに金まわりがよく、つまり飲む打つ買うの三ドラ煩悩《ぼんのう》ってやつでさあ。裏がなきゃあ行商の稼ぎであんな真似などできやせんや。騙《だま》しか強請《ゆすり》でもやってやがるのか、実は前まえから気にはなっていたのですが、どうもヤツの塒の場所がねえ。尻尾《しっぽ》さえつかみゃあなんとかなるんですが」

と、悔しそうな色を見せた。同時にそれは、

(このヤマ、関わらしてもらいやしょう)

岡っ引の意地を示すものでもあった。

神社や寺を管掌《かんしょう》するのは寺社奉行だが、門前の一帯も寺社につながる地面として、町奉行所が手を入れることはできない仕組みとなっている。護国寺門前の音羽町などはその代表格であり、そこに盗賊が逃げ込んでも八丁堀の役人たちは手が出せないのである。かといって寺社奉行に治安を護る常設の機動力が

あるわけではない。ならば当然その町並みには無頼の者が集まり、顔の利く者がそれぞれに掟《おきて》を定め、無法の中に排他的な秩序を保っているのが現状である。そうした町へ八丁堀に手札をもらっている岡っ引などが下手に入ろうものなら、それこそ生きて出られないのは決して誇張ではない。

「外でふん縛る、いい機会かもしれやせん」

仁助は言うのである。梅次郎の塒は高源寺の門前で、出入りしている賭場は音羽町である。その梅次郎が賭場以外に、百両か二百両もの大金が入ると言っているのだ……。

「ふむ、なるほど」

左兵衛は得心の頷きを示した。

いま弥市が高源寺の門前へ探りを入れに行っていることを知ると、

「ありがてえ」

仁助は期待の色を浮かべ、みろく屋の手代や丁稚がおもてに気を配ることとなった。誠之介は手習い処に帰らず、まだみろく屋にいるのだ。弥市が素通りしないようにである。

外は陽が落ちかけている。

お勢が夕飯に来ない誠之介を待っている。暗くなりかけてから手習い処に出向いてみたが、

「もう、いったいなにが起ころうとしているのよ」

留守の玄関口に愚痴《ぐち》を投げただけだった。

みろく屋の奥の部屋で、誠之介は左兵衛らと夕餉《ゆうげ》の膳を囲んでいた。お勢との約束をチラと思い出したが、

（仕方ない）

箸《はし》を進めながら、いま眼前の話題に集中した。誠之介にはサヨの言葉が気になり、左兵衛には母親のおトキは十年も前とはいえみろく屋の寄子になった女であり、仁助には寺社門前に住まう男を締め上げる機会となるかも知れないのだ。だが全容がまだ不鮮明であり、打つ手が見出せない。

「そうですかい、六歳の娘がそのようなことを。……京風堂の新造、まさか駆け落ち！」

相方《あいかた》に見当のつかないまま、岡っ引の仁助は口に出した。もちろんそれは誠之介の脳裡にも走り、みろく屋左兵衛も舌頭に乗せかけたものである。だが、誠之介から見れば厳粛をもって淫靡を戒める御掟に悖《もと》り、左兵衛の感覚からは

姦通をともない確実に死罪が待っている大罪であり、ともに口にすることさえ憚《はばか》られるものである。誠之介も左兵衛も無言のまま、仁助の推測に頷きを入れていた。

だが、京風堂の番頭の戸惑ったようなようすと梅次郎の言う大金とがどう関わっているのか、全容がつかめない。弥市が戻ってくれば、蠢《うごめ》いているなにかを解明する一助が見出せるかもしれない。外はすっかり暗くなり、部屋には行《あん》灯《どん》の灯りが入っている。

仁助がまた憶測を入れた。

「京風堂の新造、あの美形ですぜ。旦那の茂左衛門さんは生真面目で商い一筋のお人だ。言い寄った野郎がいて新造め、その気になりつい尻軽になっちまった。そこを店舗《みせ》に出入りしている梅次郎が気づいて強請《ゆすり》をかけやがった。それを知った番頭の治平がオタオタしてやがる。珍しいことじゃありやせんぜ」

「うーむ」

みろく屋左兵衛は肯是《こうぜ》するように頷き、誠之介はいたいけないサヨの顔を脳裡に浮かべた。

筋立ては納得できる。だとすれば、金の受け渡しはこの一両日で、おトキは金よりも密通のばれるのを恐れ逃げ出そうとしている……。

（おトキの在所は武州。だとすれば、逃げるのは川越街道）

同席の番頭も合わせ、四人はおなじことを思った。切羽詰ったとき、人はつい郷里に足が向くものである。それがまた、あしたかあさってに迫っている。四人が行灯の淡い灯りのなかに顔を見合わせたときだった。

「弥市さんをつかまえました」

襖の向こうに聞こえたのは手代の声だった。暗くて顔が見えなくても弥市は中間姿である。手代や丁稚たちは見落とさなかった。

「おうおう。さあ、部屋へ」

あるじの左兵衛が応じたときには、すでに襖が開きそこへ弥市の剽軽《ひょうきん》な顔があった。

「へへ。仁助さんもこちらだったとは、いよいよ旗本の青木郷三郎をやっつけたときみてえになってきやしたねえ。たまんねえですぜ」

などとわくわくするように座の一角へ加わり、

「滅相もないことを」

言う番頭をさえぎるように、

「ヤツの塒はすぐに分かりやしてね、門前の小汚え裏店《うらだな》に住んでやがった。待ってると陽が暮れるころに帰ってきやしてね、賭場に行く金がねえからかと思ったらそうじゃねえ」

梅次郎のようすを話しだした。

「わざわざ訪ねてきた理由をこしらえるため、このあいだ貸した二朱を返せって言うと、野郎めまた鼻でせせら嗤いやがって、あしたまた来いなどとぬかしやがるんでさあ」

「あした？」

仁助が問いを入れた。

「さようで。あしたになりゃあ二朱どころか二十両でも三十両でもこっちから貸してやるぜなどと胸を張りやがって。ヤツめ強請だか盗みだか知らねえが、動きを見せるとすりゃあ、きっとあしたですぜ。それに……」

弥市は話をつづけ、周囲は喰い入るようにその剽軽な顔に視線を集中した。

「あしたは早く起きなきゃならねえから、俺にきょうはもう帰れなどとご大層な口をききやがってね、お茶の一杯も出さずじまいでさあ」

「早く起きるとはいつごろだ。で、どこへ行くというのだ」

岡っ引の習性か、仁助がすかさず問いを入れた。

「もちろん訊きやしたがね、答えねえ。ただ帰れとぬかしやがるだけで」

「そうか。ほかに仲間はいそうだったか。それに野郎の在所はどこだ。聞いたことはないか」

「ヤツは行商でいつも一人ですぜ。お仲間などいるもんですかい。在所ねえ、以前……上州のどっかだと言ってやしたねえ。そうそう、思い出しやした。それで川越街道を行商の縄張にしてて、その界隈の宿場にはけっこう詳しいんだなんて、いつか言ってやしたねえ」

一同はまた顔を見合わせた。川越街道がおトキとの共通点になる。だが、おトキが朝早く逃げ出して川越街道に向かうのは得心できても、梅次郎まで朝が早いというのは合点《がてん》がいかない。逃げるのを知っていて、待伏せでもするというのか……。

「ともかくここは一《いち》か八《ばち》か策を立てやしょう。後手にまわったら、またあの旗本のときの二の舞になりますぜ」

仁助は言う。やはり目の前で岩太を死なせたのが念頭にあるようだ。それはいま、みろく屋の奥座敷に集まる者すべての脳裡にながれる、呵責《かしやく》にも似た思いである。話がまとまるのは速かった。仁助が言った、一か八かの策である。もしのっけから狂いが生じたなら、みろく屋の奉公人が大至急に伝馬《てんま》の役をし、それぞれが事態の変化に対応することになった。その夜、御簞笥町では裏店の弥市の部屋にも手習い処にも灯りが点《つ》くことはなかった。

ただ、

「もう、いったいなんなのよ。まさか弥市さんが秋葉さまを悪所《あくしょ》に誘ったりしたのでは」

暗くなったなかにお勢が縁台をかたづけながら、心配そうに足を踏み鳴らしたものである。

「なあに、あの二人が行ったのはみろく屋さんの方向だ。また町のためによからぬことがあって、なにか考えてくれていなさるのだろうよ」

老爺《おやじ》は言っていた。お勢にはなおさら心配になってくる。

(四)

東の空に明るみが見えはじめた。

（かならずだ、きょう）

昨夜、大塚町のみろく屋に額《ひたい》を寄せ合った面々の胸中は、一様に高まりを見せていた。

日の出は近い。街道にはすでに豆腐屋や納豆売りの影が見え、一人二人と旅装束の姿も出はじめている。金杉水道町の京風堂の近くに人影が動いているのは、みろく屋の番頭と丁稚であった。もちろん、おもての大戸《おおど》はまだ閉まっている。

「きっと出てくるはずだ。見逃すな」

番頭の押し殺した声に、

「へえ」

丁稚は緊張した面持ちで返した。

果たして出てきた。京風堂の勝手口に通じる、狭い路地からである。まだ薄暗いが、人の見分けはつく。番頭は丁稚の袖《そで》を物陰に引いた。一人……おトキである。旅装束ではないが、草鞋《わらじ》を足に結んでおり、遠出の装いである。さらに一人……、

「ん？　京風堂の番頭！」

治平であった。おなじく草鞋をきつく結び、着物の裾《すそ》をからげれば遠出の出《い》で立ちになる。手にしている風呂敷包みも、紐さえあれば振分けにするのは簡単だ。おトキも番頭もふところを押さえているのは、大金が入っているからだろうか。

二人は前後に間を置いたかたちで街道を西に向かった。御簞笥町や大塚町の方向である。

「おい。裏手の道を走り、旦那さまにこのことを早く」

「へい」

丁稚は番頭に言われ、枝道に駈け込んだ。

番頭はしばらく街道に消える二人の背を見送ってから、おなじ方向に歩をゆっくりと進めた。往還に他の人影は動いているものの、もちろん御簞笥町の煮売り屋などはまだ雨戸を閉めたままである。

明るさがしだいに増し、朝靄《あさもや》が目に見えてくる。街道に動く人影はまだまばらだが数は増えている。ようやく日の出を迎え明け六ツの鐘が鳴りはじめたのは、肩をならべたおトキと治平の足が大塚仲町に入ったころだった。高源寺門前にさしかかった。

「おっ、野郎！　あんなところに」

距離はあっても弥市がそこに気づいたのはさいわいだった。大八車や荷馬も通りはじめた街道の片隅に梅次郎が立っていたのだ。行商姿だからそのまま旅姿にもなる。

(解《げ》せねえぜ)

弥市は街道の物陰に身を隠した。

昨夜、弥市はみろく屋に泊まった。きょうに備えてである。だから朝は早く起きた。暗いうちから金杉水道町に番頭と出張っていた丁稚が駈け戻って話したことから、おトキの相方が治平だったことに左兵衛ともども驚き、

「――さ、あとを」

左兵衛に言われ、二人のあとを尾《つ》けたのである。

隠れた物陰で、

「いってえ、どうなってやがんだ」

弥市は吐くように呟《つぶや》いた。人待ちげに路傍《ろぼう》へ立っていた梅次郎は、おトキと治平の姿を確認するなり手を上げ、おなじ西方向へ歩きだしたのだ。おトキと

治平も梅次郎へ、予期していたように手で合図を返したようだった。前を梅次郎が歩き、すこし遅れておトキと治平がつづいている。お互い、故意に見知らぬ同士を装っているように歩を進めているのは明らかだ。

（なるほど、朝が早いからと言っていたのはこのことか）

思いもするが、

（こいつはいってえ……）

弥市は判断に迷った。昨夜、みろく屋の奥座敷で鳩首《きゅうしゅ》して立てた算段が、

（もう崩れてやがるぜ）

しばしその場に立ちつくした。

おトキは逃げ出す。密通がおもてになれば死罪なのだ。梅次郎が強請をかけようとしているのではないかとの仁助の推測にしたがえば、そこから逃れようとするおトキは早朝に人知れず京風堂を出て川越街道に向かうはずである。それを確認すると弥市が頃合いを計り、

――おトキさん、いま上板橋宿《かみいたばししゅく》のほうへ向かっているぜ
梅次郎に知らせる。梅次郎は驚き、

——あの女狐、逃げるつもりか！

すぐさま追いかけるであろう。川越街道は板橋宿を起点に武州川越までのおよそ十三里半の街道である。小石川にながれてきている街道は上板橋宿からであり、江戸から中山道《なかせんどう》の最初の宿駅となる板橋宿の西側に位置している。だから川越街道を経て江戸府内に入るには、上板橋宿から入り、板橋宿は経ないことになる。もちろん板橋宿から上板橋宿へは一筋の往還が伸びてはいるが、田畑の中を走る広めの畦道《あぜみち》にすぎず、人通りも地元の者が往来するのみで旅人の姿はほとんど見かけない。川越街道の一里塚は板橋宿を起点として設置されているものの、実質的には中山道の西側を走り板橋宿を経ないで江戸府内の小石川とつながっており、小石川からなら川越街道の最初の宿駅は上板橋宿ということになる。

その上板橋宿にはすでに昨夜から誠之介と仁助が出張り、おトキが来るのを待伏せている。梅次郎がおトキに追いつくのはこの上板橋宿に入ってからになる。弥市はそうなる頃合いを計って梅次郎に知らせることになっていたのだ。上板橋宿は中山道の板橋宿ほど規模は大きくなく、見失う心配もそれだけ少なくなる。

そこで上板橋宿の中かその近辺で梅次郎がおトキに追いついたところを、誠之介と仁助が飛び出し素早く二人の身柄を押さえ、宿《しゅく》のいずれかの旅籠《はたご》に拘束する。そこは板橋宿と同様、江戸の府外である。おトキの行状が小石川界隈で噂になるのを防ぐことはできる。その上で、きょう中にみろく屋の左兵衛が京風堂の茂左衛門を訪れ、どう幕を下ろすか相談する。茂左衛門は京風堂の暖簾を思い、穏やかな措置を考えるはず……というのが、昨夜立てた一か八かの算段だったのだ。

それが、おトキの密通相手が店の番頭の治平だったばかりか、梅次郎が強請《ゆす》るどころかおトキらとつるんでいた。弥市が仰天するのに無理はない。

この事態を左兵衛に伝えるため大塚町にとって返すか、それともこのまま三人を尾けるか……上板橋宿には誠之介と仁助が待伏せている。

(なあに、なんとかうまくやりなさるだろう)

弥市は大塚町にとって返した。

「えぇえ！　梅次郎が!?」

おトキの不義の相手が店の番頭だったことも吃驚《びっくり》だったが、左兵衛にとっても梅次郎が恐喝するのではなく逆につるんでいたとはさらに仰天ものだった。しかも梅次郎がおトキらと傍目《はため》には〝他人同士を装っている〟と弥市が話したのへ左兵衛は、

「みょうな事態です！　さ、弥市どん、わたしも行きますぞ」

腰に長煙管《ながぎせる》をぶち込み、

「駕籠《かご》を」

そばにいた手代へ町駕籠を呼ぶように命じた。

陽が昇ったばかりであり、町駕籠は一挺しかつかまらなかった。弥市はその横を走った。

みろく屋の番頭は丁稚を店に走らせたあと、街道から御簞笥町の枝道に入っていた。きょう一日、番頭が誠之介に代わって手習いの代講をする。それだけが昨夜の算段どおりである。手習い子たちはいつもと違ったようすに、また歓声を上げようか。

「えぇえ！　あのご新造、店の番頭が相手だったとは、どっちも大それたことをしやがるぜ」

「あるじの茂左衛門どのはこのことをご存知か……」

やはり吃驚である。おトキの動きを左兵衛に知らせた丁稚はそのまま左兵衛に言われて上板橋宿にも走り、仁助と誠之介へもおトキのようすを知らせていた。いま、街道に面した旅籠の二階の部屋から、仁助と誠之介は下の往還に視線を投げ、丁稚もそのままかたわらに控えている。いずれも梅次郎がなにやらおトキと治平に加担していることを、誠之介も仁助も丁稚もまだ知らない。西へ向かう旅装束はすでに動いており、旅籠を出て東へ向かうのは、これから江戸府内に入る旅人たちであろう。女中たちが往還まで出て声を上げ見送っている。朝のそれらの動きのなかに、

「あれ？　ありゃあ梅次郎ですぜ。ほれ、笠をかぶり小さな風呂敷包みを背に結んでいる野郎」

「ふむ。あれが梅次郎か。ならばおトキさんらは!?」

仁助が部屋の手すりから身を乗り出し、誠之介も確認するようにつづいた。すぐだった。その少しうしろに、

「な、なんだ。どうなってるんだ。おトキと番頭の治平が梅のあとを！」

仁助はかたわらの丁稚へ問いつめるように視線を向けたが、丁稚とて、

「……!?」

わけが分からない。仁助にとっては、自分の立てた憶測と算段が崩れた瞬間なのだ。

「うーむ」

誠之介は往還に視線を投げたまま、

「みょうだぞ、あの三人の陣形」

すぐに疑問を持った。梅次郎が先に立って歩を進めているのを、(故意)であることを看《み》て取ったか、

「尾《つ》けるぞ、あとを」

腰を上げ素早く身づくろいにかかった。仁助も頭の切り替えが速い。丁稚も入れ、三人が一階に降りたのはすぐだった。

往還に出た。すでに大八車や荷馬の出ている街道におトキらの姿は見えなかった。だが進んだ方角は分かっている。急いだ。

そのかなり後方である。走っている。

「弥市、どん。すまない、ねえ。はし、らせて」

駕籠の中から左兵衛が弥市に声をかけたのは、青木郷三郎の拝領地であった村への枝道を過ぎたころだった。上板橋宿はもうすぐである。駕籠舁《か》き人足は勢いのある掛け声をかけている。大柄な左兵衛を乗せて急ぐのだから、酒手は十分にはずまれたようだ。

「おぉぅ、あれは」

宿《しゅく》の手前だった。走りながら弥市が声を上げた。

「いま、した、か！」

駕籠の中から左兵衛が顔を出した。大柄なものだから、

「おっとっと」

駕籠舁きは均衡を乱し、歩をとめた。

先方も気がついたか、走り寄ってくる。

みろく屋の丁稚だった。

「きっとお出《い》でになるだろうと、秋葉さまに言われ、待っておりました」

左兵衛は転がり出るように駕籠を降り、

「さすがは秋葉さまの判断。で、通ったのは三人だったか」

「はい。さあ、早く。秋葉さまと仁助さんが、いま尾けておいでです」

開口一番に言うのをさらに丁稚は急かすように返し、もう身を走って来たほうに向けていた。

「うむ」

左兵衛は頷き、

「駕籠の中では前が見えません」

大股で歩きはじめた。宿の手前で降りられたとはいえ駕籠舁きたちは朝から十分な酒手をはずまれ、ホクホク顔だった。

「旅籠の二階から見ていますと……」

丁稚は人通りの増えている街道で前方に目を凝らしながら、おトキたちのようすと誠之介と仁助があとを追った経緯を話しはじめた。事態はようやく、一本の線につながりはじめた。

（五）

舞台は川越街道に移っている。目を凝らしながら急いだ左兵衛の一行が、前方を行く誠之介と仁助の背をとらえたのは、上板橋宿からつぎの宿駅となる白《しら》子宿《こしゅく》の手前だった。左兵衛は着物の裾を尻端折《しりはしより》にし、上板橋宿で贖《あがな》った笠を頭に草履《ぞうり》を脱いで草鞋《わらじ》を足に結び、にわか旅装束になっていた。丁稚と弥市は最初から草鞋をきつく結んでいる。

上板橋宿を抜けてから江戸府内を完全に離れたと思ったか、梅次郎はおトキと治平たちとひとかたまりになって歩を進めている。上板橋宿を過ぎるまでは沿道に金杉水道町の京風堂を知る者もおり、見られてもつるんでいるのを知られたくなかったのだろう。

その一行は白子宿も急ぐように素通りした。上板橋宿から川越宿までは白子宿を含め四カ所の宿駅があるが、一里塚の起点となっている板橋宿から川越宿まで急げば一日の旅程とあっては、その中間の宿駅の規模は上板橋宿をのぞいていずれも小さく、街道に張り付いている村に旅籠を営んでいる家が数軒あるといった程度である。一応、本陣や脇本陣もあるが、そこを通る大名行列は川越藩のみで、食事や小休止の場を提供するのがもっぱらで行列の一行が一度に宿泊できる構えではない。

その割に辺鄙《へんぴ》ではなく旅人の姿が少なくないのは、川越城下からさらに上野《こうずけの》国《くに》へ延びる児玉《こだま》街道が中山道に合流しており、両街道を合わせて川越児玉往還といって江戸へ入るには近道の脇街道となっているからである。

　まったく人通りのない街道を尾行するのではないから、その分は助かっている。それでも誠之介と仁助は、おトキたちが振り返っても姿だけで顔までは判別できない距離をとり、さらにその後方に左兵衛と弥市がつづき、丁稚が相互の伝馬役としてときおり足を速めたり往還に休息の振りをして立ちどまったりしている。

「梅次郎になにがしかの意図があるなら、かならず新たな動きを見せるはず。それを確かめるまでこのまま……」

　誠之介と仁助は丁稚を通じ左兵衛に伝えている。

　弥市は、

「へへ、青木郷三郎のときより長《なげ》え道中になりやしたが、尾ける相手が駆け落ち者とあっちゃ武者震いも起きやせんぜ」

　などと余裕を見せながら歩を進めている。みろく屋の左兵衛がついているとなれば、路銀にも心配はないのだ。

　晩夏の街道に、長閑《のどか》な感じさえする。だが、先を行く誠之介も仁助も、また弥市と肩をならべる左兵衛も顔は真剣であった。待伏せのつもりが追いかけるかたちになってしまったうえ、梅次郎の〝意図〟がまだ分からないのだ。しかし、梅次郎が百両、二百両などと言っていたことを思えば、この先の事態がおぼろげながら見えてくる気がする。

「うむ」

「かもしれませぬ」

歩をとりながら誠之介と仁助は顔を見合わせた。後方を行く左兵衛も、同様のことを思いはじめている。だとすれば、梅次郎は想像にまさる悪党ということになる。緊張を覚えるなかに、いずれも足を速めたい気分になる。街道は全体に起伏が激しく、前を行く者の姿が見えなくなることがよくあり、さらに田地が開けているかと思えばうねりのある樹間の道になるなど、三人を尾けるのにいっそう気が抜けなくなった。

梅次郎たちは後方に顔見知りのそれらがつづいているなど、まったく気がついていない。ひたすら江戸から遠ざかるように歩を進めている。

「ほんと、お世話になりますねえ。梅次郎さん、恩に着ますよう」

おトキはもう何度言ったろうか。

「あのときは、身も凍る思いでしたが、梅次郎さんをまったく、誤解しておりました。こんな親切な、お方だったとは」

「よしてくださいまし。わたしはこれでも、人の心が解るほうですから」

速めの歩調に合わせ、番頭の治平が言うのへ梅次郎は返し、

「ご新造さん、お里は川越でござんしたねえ。だったらきょう中に川越を過ぎて児玉街道へ入らねばなりません。あのあたりにも、わたしの知る辺がありますから」

親切そうに言い、

「茂左衛門旦那が追っ手を出すとすれば、まっさきにおトキさんの里に向かいましょう。ご当人たちがそこを素通りしてしまっているとは夢にも思いますまい。他の街道へ逃げるよりかえって盲点になりますよ。中山道のいずれかに出て小間物屋でもお開きになりゃあ、あとはもうお二人の思いどおりでございますよ」

確認するように話す。当初、強請に来たのかと思った梅次郎が駆け落ちを持ちかけたとき、おトキと治平は面喰い、考えた末その言に甘え、いまは感謝の

「お礼は、いかほどすれば、十両、いや、二十両」

言葉もない。

番頭が言えば、

「なに言っているのですか。五十両だって、あたしは出したい、ですよう」

と、裾をたくしあげて歩を進めるおトキは返す。なにしろ、おもてになれば

おトキは死罪、治平は獄門である。二人にとっては、それこそ足もすくむ思いだったのだ。

「なあに、人助けで、ございます。お志《こころざし》だけで、けっこうでございます」

梅次郎はあくまで出入りの行商人の枠《わく》を超えない、丁重な言いようである。

三人の足は坂道を下り、つぎの膝折宿《ひざおりしゅく》に入った。すでに太陽は中天を過ぎている。治平は茶店に入って握り飯を調達し、すぐに出てきた。

「三人で旅籠や茶店で、休息をとれば、追っ手が来たとき、そこから、足がつきますからねえ。昼めしはどこか、人目につかないところで」

梅次郎が言ったのだ。

膝折宿を出れば街道の両脇は田地となり、すぐ林に覆《おお》われた樹間の道に変わる。ゆるやかな下り坂である。

「おっとっとっと」

大八車が土ぼこりを上げながら追い越して行った。脇に身を避けた三人はふたたび歩きはじめた。

水音が聞こえてきた。

「たしか、黒目川《くろめがわ》では。橋を渡れば、また急な上り道が」

「さすがはご新造さん、よくご存知で」

おトキがいかにも疲れた声で言ったのへ梅次郎は応じ、

「橋の手前で、昼飯《ひる》にしましょう。渡れば人の目が、ありましょうから」

「あい。それがいいかと」

梅次郎の言は理に適《かな》っている。川越街道では長く急な坂道ごとに人足風の男たちがたむろしている。在所の百姓衆の日銭《ひぜに》稼ぎだ。重そうな大八車が来れば待ってましたとばかりにあとを押し、駄賃をもらうのだ。そうした坂を土地の者は〝かせぎ坂〟と呼び、川越街道の名物でもある。おトキが言ったように、黒目川の向こうはふたたび急な長い上り坂になっているのだ。

ゆるやかに曲がった林の往還に、水音だけでまだ橋は見えない。

「さ、このあたりを入って、どこか適当な川原をさがしましょう」

脇の灌木《かんぼく》の茂みへ踏み入った。

「ほんとに、なにからなにまで気を配っていただいて」

治平は恐縮の態を見せながら空腹と疲れた足で梅次郎とおトキにつづいた。

梅次郎はさすが行商で鍛えているのか、足取りはなお確かである。

「おっ。やつら、消えやがった」

「脇の林へ入ったようだ」

仁助の声に誠之介が重ねた。治平らとおなじように膝折宿で調達した握り飯を、歩きながら食べ終えたばかりである。緊張が走った。足も走った。

「ここだ」

林の灌木《かんぼく》が動いている。

「入りやしょう。ここで旦那と弥市どんを待て」

おりよく一緒にいた丁稚に仁助は命じるように言い、誠之介とともに灌木の中へ踏み込んだ。

水音にまじって、前方の樹間に三人の進むのが見える。誠之介と仁助は身をかがめ、ひと踏み、ふた踏み、音に気遣いながら進む。

街道では丁稚が左兵衛と弥市が来るのを待っている。見えた。丁稚は無言で飛び上がって手招きし、しきりに脇の林を指さす。樹林に覆われた街道に、他の人影はない。

「ふむ。なにか、あったな」

「の、ようで」

左兵衛と弥市は駈け足になった。

「林の中へ、ここです。秋葉さまと仁助さんがあとを！」

声を低めて言う丁稚に、

「おう、そうかい」

勢いよく踏み込もうとした弥市の紺看板の首筋を左兵衛はとらえ、

「用心！」

低声で叱り、大柄の身を縮めてそろりと灌木の茂みに入った。

三人は川原の岩場に出ていた。黒目川は随所に湧き水が噴出し、水面がクルクルとくるめいているから〝くるめき川〟と言われ、なまって黒目川との漢字が当てられたと伝えられるとおり、流れは清らかで、下流は他の川と合流して荒川水系の一部となっている。

治平は初めて見るのか、

「おぉぉ。疲れを一度に流してくれそうな」

その清流に声を上げ、岩場に腰を下ろそうと身をかがめたときである。

「うわっ」

悲鳴とともに岩場へ顔面を打ちつけた。梅次郎が背を思いきり蹴《け》ったのだ。

「梅次郎さん！ アンタッ、まさか!!」

突然のことにおトキの声は擦《かす》れていた。

「そうさ。そのまさかよ。見な！」

「キェーッ」

梅次郎の蹴りにおトキは身をのけぞらせ、

――バシャーン
岩場から落ち水音を立てた。流れに尻餅をついたまま、

「な、な、なぜ！」

おトキは岩場の梅次郎になおも擦れた声を投げた。

「ま、まさか梅次郎さんっ。わたしたちをここで!?」

顔から血を流し岩場に這《は》いつくばった治平は、驚愕の声でおトキの問いをつないだ。岩場に腰を落とし、どちらにでも跳びかかれる体勢をとった梅次郎の手には、いつのまに抜き放ったか匕首《あいくち》が握られていた。すでに梅次郎がおトキと治平の生死を握っている。その態勢を、

「やはりっ」

「野郎、とうとう本性をっ」

灌木のすき間から誠之介と仁助が見つめている。すぐ目の前だが、梅次郎が匕首を突き出しいずれかに跳びかかってから飛び出したのでは間に合わない距離である。仁助がふところの匕首に手をかけ灌木の足場を蹴ろうとした。

「待て！」

誠之介は息だけの声を吐き、手で押しとどめた。仁助は得心したように腰をもとに戻した。

「だから言ったろう。その、まさかだってよ」

また梅次郎の声が聞こえたのだ。匕首を握ったまま二人を見下ろしている。水の流れに聞こえるやりとりは、誠之介と仁助に余裕を与えていた。

「どうせてめえら、打首になる身だ。ここで死ぬのもおなじことだぜ。ここな

ら獄門にならぬだけマシだと思うんだなあ」

「な、ならば、梅次郎さんっ。最初からわたしたちをっ⁉」

「どうしてっ、どうして⁉」

こんどは治平におトキがつないだ。

「へへ。おめえら来る道々、ご新造のふところにゃ百両、番頭さんの胴巻にゃ五十両って言ってたなあ」

他所《よそ》で小さな店なら開くのに十分な金子である。

「えっ‼　な、ならば、これが目的で⁉」

「そういうことよ。この世に危険を冒《おか》してご法度の密通者を逃がしてやるような者など、どこにもいねえぜ」

背後に灌木の擦《す》れる音がした。左兵衛と弥市である。丁稚もつづいている。

仁助が振り返り、無言で川原を顎《あご》でしゃくった。

「おっ」

弥市が上げた声に、

「シーッ」

誠之介が叱声を低くながした。

左兵衛らは灌木をかき分ける音を最小限に、誠之介と仁助のかたわらにうずくまり、息を殺した。

水の流れの音が、川原の三人からそれらの気配を消している。

突然だった。岩場にうずくまっていた治平がかすかに上体を起こして顔の血を手でぬぐい、

「ウ、ウウ、梅次郎さん！　おトキのふところの百両は丸ごとアンタにやる。その女も、その女もだっ。全部やる！」

「なんだと？」

「治平！　おっ、おまい」

これには梅次郎もおトキも仰天し、

「うん？」

誠之介も仁助も息を飲み、あとから来た左兵衛らも事態を察した。

岩場のやりとりはつづいた。

「じ、治平っ、おまい。い、いったいなんてことを！」

「呼び捨ては困りますよ、水呑み百姓の喰いつめ女が」

治平の目は、まだ水の中に腰を浸けたままのおトキに向けられた。

「へん。わたしゃ知ってますよ。色気だけで旦那に拾われたってことをねえ。ところが旦那は仕事ばかりで、京にも上ってよく留守にしなさる。あんたが寂しそうにわたしへ色目をつかうから、つい一度、誘いに乗ってやっただけじゃないですか。それを旦那のいなさるときでも二度、三度と」

「治平!? おまい、そんな気だったのかえ!」

水音を立てておトキは立ち上がった。ずぶ濡れの着物がおトキの腰の線を顕《あらわ》にしている。

「よしねえ。みっともねえぜ、京風堂のご新造と番頭さんよお」

「ほ、ほんとうなんだ! 梅次郎さんっ。おトキはそんな、そんな女なんだ。百両ごと、お、おまえさんにやるう」

治平も起き上がった。梅次郎とおなじ岩場である。

灌木の五人は息を飲んでいる。誠之介は右手を、大刀ではなく脇差の柄にかけていた。

「へん、獄門野郎。ぬかしやがるぜ」

梅次郎の声がひときわ大きくなった。

「てめえから先だ!」

匕首を突き出した梅次郎が番頭の身に飛び込んだ。

「ヒーッ」

おトキの悲鳴が水音を瞬時かき消した。

「梅次郎っ、許せん！」

誠之介の手から抜き身の脇差が飛翔し、

「うぐっ」

梅次郎が呻きを発した刹那《せつな》、仁助が飛び出し崩れかかった梅次郎の身を背後から支えた。

治平の身が梅次郎から離れ、腹部から血飛沫《ちしぶき》を上げながら水面に大きな水音を立てた。仁助に支えられた梅次郎の身は、匕首を離した手で番頭の胴巻から五十両入りの包みをつかみとっていた。全身が痙攣《けいれん》している。背中に深く誠之介の脇差が突き刺さっているのだ。

「こやつ、さすがですぜ」

仁助は痙攣する梅次郎の手から包みを引きちぎるようにつかみ取ると同時に背を突き飛ばし、脇差を引き抜いた。二つ目の水音が立った。

「あわわわわっ」

めまぐるしい展開に弥市は灌木の中に尻餅をつき、丁稚は色を失い、おトキは浅瀬に突っ立ったまま手で口を押さえ、声すら失っていた。

（六）

梅次郎は音羽町でおトキと治平を見たときから、脳裡に描くものがあった。男と女の土左衛門が二体、清流の黒目川を穢《けが》しながら荒川に流れ、人に引き揚げられても無縁仏として卒塔婆《そとば》も立てられず、海に出れば魚の餌《えさ》になろう。手にした金子は百五十両だったが、算段どおりに運んだ。だが、二人目の水音を立てたのは自分自身だった。

「――その水で、頭も冷えましたか」

「――それとも、一緒に流されますかい」

と、硬直したおトキの身を左兵衛と仁助が岩場へ引っ張り上げたのは、半刻（およそ一時間）ほど前である。晩夏の陽は西の空だったがまだ低くはなっておらず、おトキの着物が乾くのは早かった。

いま、弥市と丁稚が付き添い、川越の在所に送っている。ふところには五十両の金子が入っている。

「――これからどうなるか分かりやせんが、それだけあれば在所でおまえさんの居場所も確保できましょう。あとは店に返し、茂左衛門さんの判断を待ちなされ」

と、左兵衛が振り分けたのだ。

川原を離れるとき、他人《ひと》に見られていなかったかどうか、仁助は丹念に周囲を窺《うかが》っていた。

「――岡っ引の習性でやしてねえ」

仁助は言ったものである。

誠之介と左兵衛、それに仁助の三人の足は来た道を返している。すでに膝折宿を越え、前方にゆるやかな坂道に張りつく白子宿が見える。足取りは重かった。お店者風の旅姿の者が追い越して行き、向かいからは荷馬が二頭ほど列をつくって下りてくる。

歩を踏みながら、左兵衛がポツリと言った。

「秋葉さま。わざと外しなさったね」

「なにを？」

誠之介は返した。

「いやさ。脇差をお投げになる間合いですよ。梅次郎が番頭の治平を刺すのを待ち……」

「ふふふ、そう見えましたか」

「見えやしたとも。だからあっしはそれに合わせ……」

仁助が答えた。

足は白子宿を抜けていた。つぎは上板橋宿である。陽はもう西の空に落ちかけている。

京風堂はいつもの商いの顔を保っていた。その裏で、茂左衛門は手代や女中を心当たりの方面に走らせた。陽が昇り、娘のサヨにも手習い道具を持たせ、いつもどおり手習いに送り出したのは、さすがに京風の暖簾を街道筋に張るお店《たな》のあるじといえたろうか。

だが、内心は落ち着かない。おトキと番頭の治平が……振り返れば、思い当たらないわけでもない。それよりも……恐怖が込み上げてくる。女房が死罪となり番頭が獄門では、もう店は立ち行かない。サヨの将来はどうなる……密通者の子となるのだ。

昼八ツの鐘がなり、手習いから帰ってきたサヨが、

「——きょう、お師匠は留守でみろく屋さんの番頭さんが先生だった」

言ったとき、

(——なにやら関連が)

ひらめくものがあり、茂左衛門は大塚町に足を運んだ。あるじの左兵衛は不在で店の者に訊《き》いても行く先に要領を得ない。故意に隠しているように見えるのが、茂左衛門の疑念と心配を倍加させた。帰り、

(——ならば仁助さんに)

思ったが〝死罪〟と〝獄門〟の文字が脳天を突き上げ、足がすくんだ。

みろく屋の左兵衛と岡っ引の仁助が京風堂の勝手口へ訪《おとな》いを入れたのは、街道の人影はすでに絶え、夜のとっぷりと暮れた時分だった。みろく屋で火を入れたか二人ともぶら提燈《ちょうちん》を手にしている。

「——ここから先はおぬしらの領分。それがしは遠慮させてもらうよ」

誠之介は御簞笥町の枝道の前で二人と別れ、闇に沈んだ手習い処に戻ってい

た。夏用の薄い蒲団をかぶり、

(きょうのこと、目立たずに済んだかのう)

思いながら目を閉じた。抜き身の脇差を投げるとき、故意に間合いを測ったことに悔いはなかった。

茂左衛門は起きていた。眠れないというよりも、待っていた。なにを……自分にも分からない。居間にも座敷にも、行灯《あんどん》の灯りを点《つ》けたままだった。その座敷に、いま左兵衛と仁助を迎えている。胸中に、根拠のない安堵と不安が交差する。茶を用意した女中が退散するのを待っていたように、

「で、……」

「これを」

畳の上に身を乗り出した茂左衛門の前に、左兵衛は百両の包みを置いた。茂左衛門は手に取るよりも、

「ううっ」

膝を引いた。見覚えのある袱紗《ふくさ》である。

「とんだ道行《みちゆ》きでござんしたよ」

薄眉の仁助が事の経緯《いきさつ》を話しはじめた。

顔面蒼白になり、梅次郎の策謀には驚きを見せなかったものの、

「な、なんと！　おトキ、憐れな!!」

番頭治平の豹変《ひょうへん》には茂左衛門も仰天し、同時に悔しさを顔面に刷き、死体が二つ川面に流れたことには、

「秋葉さまには、なんと申し上げてよいやら」

言うべき言葉に迷いながら、表情には結末へ肯是の色を示していた。

「つぎに間合いを測りなさるのは京風堂さん、お前さまでございますよ」

左兵衛は念を押すように言った。茂左衛門は、無言で頷いていた。


翌朝である。茂左衛門は近辺の旦那衆に言っていた。

「おトキはきのう、おふくろさんの病気見舞いに里へ帰りましてねえ。場合によっては、わたしも急遽行かねばならなくなるかもしれません。え？　番頭の治平ですか。そろそろ店を持たせてやろうと思いましてネ。準備のため支度金を持たせてこれも里へ帰しましてネ」

手習い処では、

「お師匠、きのうはどこへ」

「きのうの先生、算盤《そろばん》の時間、長かったよ」

などと元気な声が響き出したなかに、いつもと変わりなくサヨの顔があり、誠之介は安堵の胸を撫で下ろした。

金杉水道町の噂を誠之介が耳にしたのは、おもての煮売り屋へ昼飯に出たときだった。京風堂の新造が母親の病気見舞いに里帰りしたという、世間には珍しくもない内容である。

「店の人、みんな心配してるんだって」

お勢が言ったとき、

(さすが商人、波風を立てぬ措置には感服する。見習うべきか)

脳裡へめぐらすと同時に、

(あるじも行かねばならぬ？　茂左衛門がおトキを迎えに行くということか)

おなじ解釈を、左兵衛も仁助もしていることであろう。

誠之介は往還に張り出した縁台に腰かけている。いきなり、お勢の声が降ってきた。

「誠之介さま！　おかしゅうございます。きのうといいきょうといい、さっきから箸が動いておりませぬ」

「あぁ、あ、そうか。いや、なんでもない、なんでも」

誠之介は午後の手習いに備え、箸を動かしはじめた。

「もう、弥市さんだってきのうもきょうも姿を見ませんし、いったい何があったのでございます？　心配いたしまする」

お勢は誠之介と話をするとき、つい以前の腰元言葉が出てしまう。弥市が手習い処の中間を気取っているのなら、お勢は誠之介の世話焼き腰元のつもりになっているのだ。

「まま、何事も無事ゆえ。なあ、無事ゆえ案ずるな」

誠之介は急いで口の中のめしを味噌汁で流し込んだ。


「へっへっへ」

と、中間姿の弥市が川越から帰ってきたのは、翌々日の夕刻であった。

「膝折宿で一晩、足を休めやしてね」

などと言う。

橋の近辺でなにやらあったという噂も、土左衛門が上がったなどとの話も、

「まったくありやせんでしたよ」

と、それを確かめるために膝折宿で一泊したのだ。

さらに弥市が、荒川の界隈にも土左衛門らしい噂などないと誠之介に伝えたのは、それから五日ほども経てからであった。高源寺門前でも、

「ここんところ姿が見えねえが、ま、いいさ。行商といってもあいつなんざ半分遊び人みたいだったし」

長屋の者は言い、大家も、

「そのうち、空き家の札でも出しましょうか」

などと言っていたという。梅次郎の日ごろの生活ぶりが、周囲にそう言わせているのであろう。

そのあいだに仁助が一度ふらりと手習い処に顔を見せ、すこぶる機嫌がよさそうだったのは、京風堂から謝金というか口止め料がかなり出たせいでもあったろうか。

「おもしろいものだのう、お江戸に住む者の仕組みとは」

誠之介は言ったものである。仁助は苦笑いを見せ、

「いいじゃありやせんか。それで町が平穏なら」

返していた。

茂左衛門が京扇子と菓子折りを持って手習い処に誠之介を訪ねたのは、弥市が荒川界隈や高源寺門前の話をした翌日であった。あした川越に行くという。茂左衛門もそれなりに間合いを測っていたのであろう。サヨも連れていくので、四日ほど手習いを休ませたいと告げに来たのだ。

「戻ってくれれば、おトキにも一度ここへ挨拶に来させます。サヨの母親でございますから」

茂左衛門は言う。誠之介は返した。

「膝折宿を出たところに、黒目川というのがある。そこの橋からさりげなく、花を一輪、流れにたむけておいてくださらぬか」

「分かっていますとも。みろく屋さんからも、そう頼まれております。もちろん言われずとも、わたくしが率先して」

茂左衛門は、フッと真剣な表情になった。

風が十二畳部屋を吹き抜けた。ひところの熱気を含んだ風ではなく、秋の訪れを感じさせるものであった。

「おかげさまで、風雨は避けられました」

その風を身に受け、茂左衛門はポツリと言った。帰り支度で玄関の三和土《たたき》に下り、さらにふかぶかと誠之介に頭を下げた。そろそろお勢が夕飯を盆に載せて持ってくるころだ。

誠之介は茂左衛門を見送り、玄関の板敷きに一人立ったまま呟いた。

「目立たず事が終えたのは、すべて仁助たち町家の発想で運んだからかのう。だとすれば、武士の習いも……」

吉沢秀太郎の面貌がフッと脳裡に浮かんだ。

軽快な下駄の音がすぐ近くに響いた。

三 襲 撃

（一）

昼間はまだ汗ばむ感じがする。だが太陽のかたむきとともに、

「もうすぐだなあ、秋は」

誰の口からもホッとしたように出る。

熱気に満ちた、手習い子たちのにぎやかな潮が引いたあとの十二畳部屋はなおさらだ。

「ん？」

秋葉誠之介は静寂のなかに視線を感じ、書見台《しょけんだい》から目をはずし開け放したままの玄関口に顔を向けた。

（秀太郎……）

おもてを通ったのは、確かに吉沢秀太郎だった。その視線を感じたのだから、

秀太郎は手習い処の中を窺いながら通り過ぎたことになる。その目は、誠之介の在宅を確認したはずだ。

（ならば、どうして）

入って来ない？

しばらく玄関口に目をやったまま待ったが、秀太郎が引き返してくるようすはなかった。通り過ぎたままなのだ。

京風堂の一件はかわら版の種にもならず、小石川になんらの波風《なみかぜ》も立たなかったのだ。

（苦言の出しようもないか）

思ったが、すぐ前まで来て素通りとはみょうだ。

近所のおかみさんが通った。互いに目が合い、ぴょこりと挨拶を交わした。そのおかみさんがアッと慌てたように脇へ道を開けた。手習い処の玄関前で、三人連れの武士とすれ違ったのだ。秀太郎とおなじ方向に歩いていた。一人が玄関の中に視線を投げたが、別段のぞく風でもなく、すれ違ったおかみさんが中に向かって軽く辞儀をしていたから、釣られて視線を投げたまでといった風情で、三人の武士は前方に注意を向けて通り過ぎたように感じられた。

おもての街道なら武士が歩き、権門駕籠《けんもんかご》が通るのも日常だが、枝道に入ったなかで立てつづけに見るのは珍しい。

「さあて」

誠之介は腰を上げた。いかなることか……などと思ったわけではない。事のついでといった風情である。

草履《ぞうり》をつっかけ、秀太郎や武士三人の歩いて行ったほうに顔を向けたが、いずれも角を曲がったのかもう見えなかった。誠之介の足はおもての煮売り屋に向かった。まだ日暮れではないが、

(夕飯でも)

と、これもまた事のついでと思ったまでだった。弥市の塒《ねぐら》がある路地の前を通った。ここ二、三日、弥市の姿が見えない。日傭取《ひようとり》の中間奉公《ちゆうげん》に出ているのだ。禄高で定められている奉公人を常時抱えておく余裕がない屋敷では、お家の行事や権門駕籠を仕立てての外出など、必要に応じて日数切りの中間を雇うのが常態化している。それだけ弥市のような渡り者でも喰いっぱぐれがないということになるが、これも誠之介には江戸に出てきた当初は驚きであった。自分も弥市と隣り合わせに住んでいたその路地へチラと目をやり、

（まったく江戸とはみょうなところよ）

あらためて思いながらおもての街道に出た。

「あらあら、誠之介さま。夕飯ならまだ早いですのに」

縁台の行商人風のお客と立ち話をしていたお勢が、誠之介に向きなおった。

「手間を取らせまいと思ってな」

と、行商人風の隣の縁台に腰かけるとお勢は、

「こちら古着の行商さんで、つい先日まで越後をまわってらしたって」

「ほう、越後を」

注文を聞くよりもさきに先客を引き合わせるように手で示し、誠之介は関心を持ったように応じた。誠之介の仕えていた榊原家が、播州姫路藩から越後高田藩へと国替えになったことまでなら、お勢も聞いて知っている。

古着の行商には、江戸府内だけでなく、各地をまわっている商人がけっこう多い。範囲を広くすれば、腕しだいで常店《じょうみせ》を構えるより利鞘《りざや》が稼げるのだ。見ると日焼けして、おなじ行商でも梅次郎と違って人懐《ひとなつ》こく好感の持てる顔つきである。縁台の上に大きな風呂敷包みを置き、小腹がすいたのかお茶を飲みながら蒟蒻《こんにゃく》の味噌田楽を口にしていた。誠之介と視線が合うと手をとめ、ぴょこ

りと辞儀をして微笑《ほほえ》み、

「お侍さん、越後のお方で？」

話しかけてきた。やはり話術が武器の行商人か、根っから話好きのようだ。

誠之介は応じた。

「いや。越後ではないが、いささか縁があってなあ。おぬし、高田は行ったか。近ごろ藩主が代わったところだ」

「おっ、よくご存知で。行きましたとも、十五万石のご城下。この春に入られた榊原さま、えらい評判でございますよ」

行商人は乗ってきた。だが誠之介は、

「ん？」

予期とは逆の反応に首をかしげた。幕府から国替えを命じられる基《もと》となった前藩主の榊原政岑《さかきばらまさみね》は隠居して高田住まいであり、江戸おもてには十一歳で十五万石の藩主となった政永《まさなが》が住まい、江戸城内濠の一ツ橋御門外の上屋敷で、なにも分からないまま側近に取り巻かれている。そこに吉沢秀太郎もいるのだ。

政岑は、誠之介から見れば〝性懲《しょうこ》りもなく〟側室の高尾太大をともなって高田入りしており、さぞや新附の領民たちからも

迎えられ、いまではすでに、

（嘲笑《ちょうしょう》の念で）

（憎悪の的に）

なっているはずなのだ。

ところが〝えらい評判〟とは……？　古着の行商人はつづけた。

「おかげでご城下のお百姓衆からも、大至急にと羽織や袴《はかま》を頼まれましてね。手持ちの品では足りなくなり、急いでお隣の松代《まつしろ》藩真田《さなだ》さまのご城下まで大量買い付けに行ったものでございますよ」

「百姓衆が羽織や袴を？」

「はい。お能《のう》見物でございますよ」

誠之介の疑問に行商人は答えた。

政岑の能好きは度を越しており、常に能役者を側《そば》にはべらせ、みずからも土佐節の浄瑠璃《じょうるり》が得意で、事あるごとに家来たちに唸って聞かせ、誠之介も姫路城内で何度か相伴《しょうばん》させられている。そればかりではない。城内での能三昧《ざんまい》も見物人がいなくてはつまらない。それで思いついたのが、家来ばかりか家中の妻子にまで拝見を、

「――許す」

許可ではない。命令である。誠之介は脱藩したとき、能からも解放された気分でホッとしたものである。

それが高田に移ってからもつづいているようだ。

「よいお殿さまに来ていただいたと、町家のお人らも村々のお百姓衆も沸《わ》いておりますよ」

田楽を頬張りながら行商人は言うのだ。

なるほど誠之介にもその一端は想像できる。家臣もその妻子も末々の者たちも、主命ではなく隠居のたわごととなれば、無理して一日中じっと座っている者も少なくなろう。毎回、高尾が化粧の匂いを撒《ま》き散らしながら同席しているとなればなおさらであろう。だがその先は、誠之介の予想しなかったことである。

政岑は家臣に命じ、町々や村々に触れを出したというのである。

――望みの者はお能拝見に罷《まか》り出よ
冬になれば雪に閉ざされる北国である。夏祭りや秋祭りに来る旅芸人もドサ回りの域を出ない。そこへもって木戸銭なしの城内で領主と一緒に上方《かみがた》や江戸

で名代《なだい》のお能が見物できるのである。町人も百姓衆も口々に、

「――願ってもない仕合わせ」

と、

「もう順番待ちに幾日もかかっておりましてねえ」

古着の行商人は旨《うま》そうに茶をゴクリと喉にながした。最初は町役や庄屋たちであったが、やがて順番は熊さんに八つぁん、小作の百姓衆にもまわってくる。なにしろ城内での能見物である。着流しや野良着では行けない。待つあいだに個人で、あるいは五人組単位で羽織や袴の準備にかかる。古着屋の活躍である。

「ふふふ」

古着の行商人は飲み干した湯呑みを縁台に置き、

「そのうち、売った古着をまた安く買い戻しに高田へ参りますよ」

と、含み笑いを洩らした。

その意味を誠之介は、深くは考えなかった。行商人の話を聞きながら、ただ先代政岑公と高尾への嫌悪感を増幅させていたのだ。

お勢が、煮込みを適当に盛り合わせた皿を飯の椀と一緒に縁台へ置いた。

「いま煮上がったばかりだ。熱いうちに食べな」

奥から老爺《おやじ》が声を投げてきた。

「それでは、わたしはこれで」

古着の行商人は大きな風呂敷包みを背に、縁台を立った。高田で存分に商《あきな》いができたせいか、話しているときも終始機嫌がよさそうだった。

その背を誠之介は目で見送り、

「ふむ。ここの縁台も、ちょっとした噂話《うわさばなし》の集散地だなあ」

呟《つぶや》き、箸を動かしはじめた。空の盆を手に立っていたお勢が、

「そうそう、噂といえばさっき吉沢さまですか、いつものお侍。ここを通って脇道に入られ……」

思い出したように話しはじめた。

「うむ、確かに吉沢だ。で、どうした」

誠之介は動かしはじめた箸をとめた。脇道まで入りながら手習い処を素通りしたことをみょうに思っていたから、興味はある。

「そのあとすぐ三人連れのお侍がここに来て」

「ふむ、で?」

「――さきほどここから脇道に入った武士だが、このあたりをよく徘徊《はいかい》してお

るのか、近辺であの者とねんごろになっているうらぶれた浪人はいないか」

お勢に訊《き》いたという。

「ほう。それでなんと答えた」

ことのほか誠之介が乗ってきたので、お勢は一歩縁台に身を寄せ、

「いちいちそんなの見ていませんせん、それにうらぶれた浪人さんなどこの界隈に住んではおりませぬ、と返してやりましたよ。誠之介さまのことを、うらぶれた浪人などと、まったくあの三人組の二本差したち」

お勢は武家奉公の経験があるだけに、誠之介は別として、武家の奥向きに反感を持っている。それよりも、三人組の歴《れき》とした武士が口にした〝うらぶれた浪人〟が誠之介であることをとっさに察し、お勢は言い返したようだ。そのときお勢の口調は、きっぱりと言い切るようであったことだろう。

「その二本差したちね、ふむと頷《うなず》くと、すぐこの脇道に入って行きました。きっと吉沢さまを尾けていたのですよ、誠之介さま」

お勢は心配そうな表情になった。

「旦那。この町にお武家同士の揉め事を持ち込んでもらっちゃ困りますぜ」

無口にしては珍しく、奥からまた老爺が皺枯れた声を投げてきた。

「そんな言い方ないでしょ。誠之介さまが呼び込んでいるわけではないのだし」

誠之介のことに関してなら、雇い主の老爺にも言い返すようだ。お勢が反発するように言ったのへ、

「おう、一本つけてくんな」

街道からの声が重なった。これも三人連れだった。

「あ、いらっしゃいませ」

職人風で、仕事帰りのようだ。まだ陽はあるが、もうそのような時分になっていた。お勢はそちらの応対にかかり、老爺は知らぬ顔で大鍋の味見をしていた。この煮売り屋の、いつもの光景である。

（やはりあの三人、吉沢どのを尾けていたのか）

思いながら誠之介はふたたび箸を動かしはじめた。背景はまだ分からぬが、老爺がつい苦情を吐いたように、自分がこの町で揉め事の収め人どころか当事者となりそうな懸念が、ふと脳裡に走った。

（二）

その日の夜が長く感じられたのは、夕飯が早かったせいばかりではない。

（吉沢秀太郎……江戸藩邸で、いかなる立場。それに、あの三人の武士は）

秀太郎を狙っていたのか、それとも、

（……俺を？）

解けないのである。

だが翌日、朝五ツ（およそ午前八時）の鐘が鳴ったころには、

「ほーう」

と、爽快な気分になった。手習いの始まる時刻であり、にぎやかになった十二畳部屋の中に、京風堂の娘サヨの姿があった。

「きのう川越から帰ってきました。おっ母《か》さん病気で、なおりしだい、またお父《と》つぁんが迎えに行くって。あたいもいっしょに行きたい」

はしゃぐように言うのである。サヨが小さな身で茂左衛門と一緒に川越まで行ったのが、おトキには効いたのであろう。だが、おトキが病気というのがど

うも分からない。

疑問はすぐに解けた。手習いの終わる昼八ツ（およそ午後二時）、あるじの茂左衛門が挨拶に来て、

「心の衝撃が大きかったのでございましょう。老いた母親に看病されながら寝込んでおりました。サヨの手をとって泣きましてねえ。それで血色もよくなったのですが、頃合いを見てわたしがもう一度、川越に出向きまするよ」

と、ふかぶかと頭を下げたのである。弥市が不在なのを残念がり、これから岡っ引の仁助とみろく屋へも挨拶に行くという。おもてに風呂敷包みを持った丁稚を待たせていた。思えばおトキが衝撃で寝込んでしまったのは肯《うなず》ける。目の前で死体の水音が二つも立ったのだ。元気でシャアシャアとしていたなら、それこそ不埒《ふらち》な女と言わねばならない。

（ふむ。これで正真正銘、一件落着だな）

思いながら玄関口で茂左衛門を見送り、中に入ろうとして、

「ほっ」

足をとめた。下駄の音である。軽やかで、それがお勢であることは振り返らなくとも分かる。

「誠之介さま、誠之介さま！　きょうもさっき吉沢さまがお見えになって」

お勢は駈け寄り、誠之介よりさきに敷居を跳び越えて三和土《たたき》に入り、

「これを誠之介さまに渡してくれって」

帯にはさんだ小さな紙片を取り出した。なにやら秘密めいた品の受け渡しを人に見られないよう、気を遣《つか》っているようだ。きょうも吉沢が街道を通りかかり、ふらりと縁台に座って茶と団子を所望し、さりげなくお勢に紙片を託《たく》したらしい。きのうとおなじ武士が三人、縁台の吉沢が見える範囲にたむろしていたという。誰もが通る天下の往来とはいえ、路傍《ろぼう》に歴とした武士が三人もたむろしていたのでは人目を引く。

「それも、ジロジロと店のほうを」

見ていたというのだ。

なんとも無用心で、

「頓馬《とんま》な」

「えっ？」

「いや、その武士どもだ。そのあとどうした」

「あい。吉沢さまは縁台を立たれると、こちらとは逆の御薬園《おやくえん》のほうへ向かう

枝道に入られ、三人組もそのあとを追って」

行ったという。吉沢秀太郎はわざと誠之介の手習い処から遠ざかる道をとったのだろう。それを三人の武士たちは尾けて行った。

「それでは、あたし」

帰ろうとするお勢の袖《そで》を、

「ちょっと待て」

「えっ」

お勢は誠之介に袖をとられ、なにやら期待するように足をとめた。

「いや、そなたが尾けられていないかどうか看《み》るためだ」

三和土に立ったまま、誠之介は目で往還を窺《うかが》った。

「なあんだ」

お勢はつまらなそうに返したが、やはり自分も用心深そうに視線を外に投げた。町内の者が一人通ったのみで、他に人の影はない。武士たちは秀太郎がお勢に紙片を託したことも、手習い処の師匠が榊原家脱藩の秋葉誠之介だということにもまったく気づいていないようだ。

「それでは、あたし。きょうは夕飯、持ってきますから」

ふたたびお勢は身を動かし、敷居を外へまたいだ。

お勢を目で送り、誠之介はその場で紙片を開いた。文面は短かった。

——明後日、真昼九ツ（正午）、富岡《とみがおか》八幡宮門前の料理茶屋富八庵《とみはちあん》にて待つ
それだけだった。

富岡八幡で富八とは覚えやすい名である。それに明後日とは葉月《はづき》（八月）二十五日、手習いの休みの日である。手習い処は一般に毎月の朔日《ついたち》、十五日、二十五日を定期休みの日としている。誠之介もそうしているのだが、秀太郎の指定はそれを知ってのことであろう。

「うむ、あそこか」

誠之介は頷いた。江戸へ出てきて小石川御箪笥町の裏店《うらだな》に住み着いた当初、弥市に案内されて一度参詣《さんけい》したことがある。

大川（隅田川）の向こうで、社《やしろ》は小石川の街道よりもさらに人通りの多い深《ふか》川佃町《がわつくだまち》にあって海辺が近く、広い仲町《なかまち》通りから二ノ鳥居《とりい》をくぐると表門があり、そこから一ノ鳥居まで三丁（およそ三百米《メートル》）ほどもあり、そのあたりがいわゆる富岡の門前町で、まさしく寺社境内の中である。両脇には土地柄か鮮魚に牡《か》蠣《き》、蛤《はまぐり》を売りとする料理茶屋の暖簾《のれん》が競うようにならび、縁日でもないのに伝《でん》

通院《づういん》とはくらべものにならないくらい参詣人が多く、たすきがけの女たちがしきりに呼び込みをしている華やかさには目を見張ったものである。それらの路地を入れば、

「――へっへっへ」

と、そのときも弥市が含み嗤《わら》いをしたように、土地では〝子供屋〟などとふざけた名で呼ばれている遊女屋があり、

「――ここではね」

と、こういうところにまで弥市は出張っているのか随所に賭場《とば》も立っていた。

そのような門前町の料理茶屋を、吉沢秀太郎は指定してきたのである。

十二畳部屋に戻り、

（なるほど、人混みの中ならかえって目立たず……ということか）

誠之介は得心した。しかもそこは小石川からは遠い。当日も秀太郎を尾ける者があったとしても、談合の相手を小石川御箪笥町の住人と見る者はいまい。目くらましになる賑やかさとともに、秀太郎はそうした距離的な遠さも考慮し選んだのかもしれない。

（吉沢秀太郎……やはりわが味方と見て間違いないか）

思いを強めるものがあった。だとすれば、当然〝敵〟がいることになる。脱藩してからも藩内に〝敵〟だの〝味方〟だのと、誠之介にとって煩《わずら》わしいことに違いはない。だが脱藩の経緯《いきさつ》を思えば、

(仕方のないこと)

以前から誠之介の胸中にある。だからいっそう、

「――この町に、お武家同士の揉め事を持ち込んでもらっちゃ困りますぜ」

煮売り屋の老爺の言葉が胸に響くのである。

その日は来た。真昼九ツの待ち合わせとはいえ、小石川から大川を越えた深川となれば、いつも手習いを始める朝五ツには出なければならない。

小ざっぱりした着流しに大小を差し、草履《ぞうり》をつっかけ塗り笠をかぶって出た。遠出をするのに着流しに草履は不向きだが、道順を考えれば、いかにも浪人じみた着古しの袴《はかま》を着用するわけにはいかない。小石川御箪笥町を出れば、水道橋御門から外濠城内に入り、武家地を通って内濠の常盤橋《ときわばし》御門外から堀割沿いに日本橋の脇へ出て大川の永代橋《えいたいばし》に向かうのが一番の近道である。誠之介はこの道順をとるつもりだ。しかし外濠の中は、職人や行商人らは通行勝手でも浪

人が入るのはご法度であり、それらしい身装《みなり》の者は城門に近づいただけで番卒に誰何《すいか》され、怪しまれれば番屋に引き立てられる仕儀となる。それを避けるためである。二本差しの着流しで塗り笠をかぶり、草履をつっかけさりげなく通ったなら、いずれかの屋敷の用人あたりが近所に出かけた風情で怪しまれない。

(これで奴姿《やっこすがた》の弥市を供に連れておれば完璧《かんぺき》なのだが)

思いながら人通りの少なくなった街道から水戸屋敷の角を曲がって外濠水道橋御門への往還に入った。人の往来はほとんどなくなる。内濠一ツ橋御門外の藩邸から小石川に来る吉沢秀太郎がいつも通っている道筋である。あの三人組の武士も、こうも人通りの少ない往還をゾロゾロと尾け歩いたのだろう。

(まったく無頓着な)

また思いながら歩を進めた。

水道橋御門の石垣がすぐ眼前となり、六尺棒を小脇にした番卒たちが塗り笠の誠之介を見つめている。警戒というよりも、手持ちぶさたに視線を投げているといった感じである。ここはさりげなく歩くのに限る。

突然だった。

「旦那ア」

石垣の角から出てきた中間姿が大きな声を上げ、駈け寄ってきた。誠之介を〝旦那〟と呼ぶのはむろん弥市である。とっさに誠之介の腹は決まった。

「うむ。ついて参れ」

「ははっ、旦那サマ」

すでに以心伝心か、お城の番卒たちの前であるじ然とした誠之介のようすを弥市は喜び、腰を折って応じ引き返すかたちで背後についた。いかにも主従である。番卒たちの前を通り過ぎた。

外濠といえどすでに江戸城内である。広く閑静な武家地に、

「へへ。みろく屋の世話で、ちょいと濠内《ほりうち》の旗本屋敷へ助《すけ》っ人《と》奉公に……きょうそれが明けやしてね。で、旦那はどうして」

弥市は腰を心持ちかがめ、悠然と歩く誠之介の斜めうしろに歩をとっている。あるじに対する中間の心得である。

誠之介は弥市が留守中の出来事を、順を追って話した。京風堂の茂左衛門とおトキの話には、

「さようですかい。へぇえ、さように……」

と、安堵の声を洩らし、吉沢秀太郎との経緯には、

「えっ、深川ですかい！　へいへい、お供しやすよ、へい」

喜悦の声になった。富岡八幡宮の門前をよほど気に入っているようだ。話しながら誠之介はさらに腹を決めた。吉沢秀太郎との談合に何が飛び出すか分からぬが、

（弥市も同席させよう）

ということである。これから榊原家との関わりがどう推移し、いかなる展開を見せるか分からない。

（弥市が身辺にいれば、ますます重宝となってくれよう）

だから、

「実はなあ、俺が浪人となったのは……」

と、そのときの経緯を簡単ながら口へ上らせた。お勢ともども、誠之介が榊原家十五万石の脱藩者であることは知っていたが、その理由や詳しい経緯までは知らない。聞くなかに、さすがは世故《せこ》に長《た》け、なにがしかの修羅場もくぐってきているであろう男だ。「ほおっ」「へぇっ」と相槌《あいづち》を入れ、驚くよりもむしろ、

「やっぱり旦那、見込みやしたとおり、気配に富んでいまさあ」

感嘆の声を上げ、

「ならばきょうの八幡さんのご門前、来なさるのは吉沢さまだけじゃなく、その旧寵臣派とやらの頓馬な三人組もチョロチョロするはずですぜ。お屋敷内紛の詳しいことなんざ知りやせんが、ともかくおもしれえ」

勇んで言う弥市が、誠之介には頼もしく思えた。

足はすでに常盤橋御門に近づき、堀割沿いを日本橋の方向に向かった。お濠《ほり》の御門を離れるのにつれ、徐々に人通りが増えてやがて喧騒となり、それは日本橋から大川の永代橋《えいたいばし》までつづき、長さ百十間（およそ二百米《メートル》）の板張りで下駄や大八車の音がいっそうけたたましく響くなかに身を置いたとき、陽は中天にさしかかろうとしていた。ここまで来れば、日本橋のあたりもそうであったが、あとは一度しか来たことのない誠之介よりも弥市のほうがはるかに詳しい。

「旦那！　急ぎやしょう」

誠之介の前に歩を進めた。

（三）

身装《みなり》のととのった武士や町人、男や女たちの行き交う仲町通りから二ノ鳥居を入り、往還がいっそう華やかとなったなかに、目当ての富八庵は、

「おっ、あそこですぜ。また派手な暖簾だねえ、真っ赤で」

すぐに分かった。

「へへ、こんなおもての料理茶屋に入るのなんざ初めてでさあ」

弥市はさっきから剽軽《ひょうきん》な顔の相好を崩しっぱなしである。

誠之介は塗り笠をいくぶん深めに顔を隠し、周囲に目を配った。……いた……。深編笠で見るからに顔を隠した三人連れの武士が、二軒ほど暖簾を置いた茶屋の縁台に、富八庵へ出入りする者を見張る風情で腰をかけている。雰囲気から小石川に同道していた武士であることが分かる。ということは、吉沢秀太郎はすでに来ていることになる。

（まったくあの者ら、金魚の糞か）

あらためてその素人っぽさを誠之介は感じたが、同伴者であろう、百日髷《ひゃくにちまげ》の

浪人者が一人、すぐ横の縁台に控えているのが少々気になった。

暖簾の中へ訪《おとな》いを入れると、果たして吉沢秀太郎はさきに来て奥に小部屋を一つとっていた。長袖《ちょうしゅう》も武士も、羽織姿も半纏《はんてん》姿もなんら区別をつけない町家の茶屋でも、外で待つはずの中間が敷居をまたいでからもあるじと肩をならべているのは珍しいのか、「ご同席でございますか？」と仲居が念を押した。

部屋で待っていた秀太郎も、

「へっへへ」

と、誠之介と一緒に入ってきた弥市に訝《いぶか》しげな表情をつくったが、すでに手習い処でお勢ともども見知っており、供奴《ともやっこ》の出で立《い》ちのうえ、

「かねてご存知と思うが、この者はそれがしの目であり耳であり、時には世俗の案内役でもあれば」

と、誠之介が言うにおいては、

「ふむ」

と、同席を承知せざるを得ない。

最初に出てきた酒肴《しゅこう》は塩味の焼き蛤で、箸とお猪口《ちょこ》が動くと同時に、

「かようなところへご足労を願ったは他でもなく……」

と、秀太郎は用向きを切り出した。三人は鼎坐《ていざ》に膳をとっているものの供奴姿の弥市はいくぶん身を引き、胡坐《あぐら》を組んだ誠之介らに対し正座を崩していない。そのあたりの機微《きび》は心得ているようだ。剽軽な顔つきながら、いま真剣な表情で、十五万石の大名家の奥向きにいかなる魔物が潜《ひそ》んでいるのかと興味津々《しんしん》の態《てい》になっている。さきほど誠之介が話さなかった内容が、いま目の前で語られようとしているのである。

秀太郎は言う。

「国替えという代価は大きかったが先代政岑《まさみね》公が隠居され、これで藩財政はなんとか立て直せると多くの者が思うておったところ、高田の地で意外にもご隠居の評判がよく、江戸屋敷においてはそれが勢いとなり……」

「能のことか」

古着の行商人から聞いている。誠之介は相槌を入れた。

「ほう、よくご存知で」

と、あらためて秀太郎が語った高田領内のようすは、古着屋の話したものとおなじであった。その状況にいきなり弥市がなにを思ったか、

「あははは」

正座のまま嗤《わら》いを入れ、

「そりゃあ最初のうちだけですぜ」

「控えよ、弥市」

「へえ」

誠之介がたしなめたのへ恐縮したように口を閉じ、秀太郎は話をつづけた。

江戸おもてでは、

「先代政岑公の取り巻きだった派が力を得て蠢《うごめ》きはじめ」

一挙に形勢を逆転しようと謀《はか》る者も出てきたという。

榊原家がまだ播州の姫路藩であったころ、幕府を筆頭にいずこの藩も財政難がいよいよ進み、八代将軍の吉宗が勤倹厳粛を諸藩に通達し、下々《しもじも》にも奢侈淫靡《しゃしいんび》を戒《いまし》めるなか、藩主であった政岑の平生《へいぜい》酒宴に溺れる放蕩《ほうとう》は目に余るものがあった。

そのような費用を捻出しなければならない国おもての藩士らは苦慮に苦慮を重ね、似たような驕奢懦弱《きょうしゃだじゃく》ぶりを見せていた尾張の徳川宗春《むねはる》が蟄居謹慎《ちっきょきんしん》を命じられたときなどは、

「――御三家でさえかような処断が」

と、色を失ったものである。

それでも政岑の驕奢はやまず、千八百両も積んで吉原の高尾太大を落籍《ひか》せて国おもてへ同道するにいたっては、ついに吉宗将軍から政岑隠居と越後高田へ転封の処断を受けたのである。

「お取り潰しにならなかったのは、ひとえに国家老の寺尾《てらお》隼人正《はやとのしょう》さまが」

「分かっておりますよ。江戸おもてに出て奔走され……」

国おもてと江戸勤番でかつて面識のなかった秋葉誠之介と吉沢秀太郎が、藩政を語り合うのはこれが初めてであった。さらに、誠之介が江戸藩邸の者から江戸のようすを聞くのも初めてである。海鮮の膳がととのったなかに話は弾み、弥市はなおも神妙な顔つきで聞き耳を立てている。

誠之介は話した。

「だから国替えの道中、俺は我慢ならず丑松《うしまつ》をこの手で……」

「おっと、それを口にしてはなりませんぞ」

秀太郎は慌てて制した。

丑松はもともと吉原の幇間《ほうかん》（太鼓持ち）で政岑の案内役となって放蕩の席へは常に侍《はべ》り、しきりに高尾との間を取りもち、これによって政岑から〝坂井《さかい》〟

との姓を賜《たまわ》って藩士の席に加えられ、高尾とともに姫路へも同道していた。その坂井丑松を誠之介は、国替え道中のなか、宝蔵院流の槍さばきで成敗したのだ。琵琶湖畔での出来事である。見ていた者はいない。だが状況とその場から出奔《しゅっぽん》したのが証拠として、秘かに秋葉誠之介の名が藩士らの噂に語られているのだ。

「ほーっ」

思わず感嘆の声を洩らした弥市を秀太郎は睨み、

「だから先代の寵臣どもはおぬしを捕らえ、無理やりにでも寺尾さまに教唆《きょうさ》されたと吐かせるかそれともでっち上げ、ご家老を中心にする建直し派糾弾《きゅうだん》の道具にしようとしておるのよ」

「ほう。それでおぬしが小石川界隈の探索を受け持ち、俺を擁護《ようご》してくれているという寸法か」

誠之介は返し、これには弥市も得心したように頷き、秀太郎も、

「さよう」

大きく肯是し、

「実はな、それがし以前は目付方《めつけがた》であったのさ」

藩士の素行を調査する役職である。探索には慣れている。

「ところが国替えになる二年ほど前だった。国家老の寺尾さまがそれがしを政岑公の腰物方《こしものがた》に据えられた。あのころから寵臣たちの動きが、よほどご心配だったのでござろう」

「ふむ」

誠之介は頷きを入れた。なるほど藩主の刀を預かる腰物方なら、藩主の動くたびにそば近く侍ることになり、寵臣たちの動きも手に取るように分かる。

「ところが国替えでご主君も交替とはなったが、嫡子の政永《まさなが》公はまだ御歳《おんとし》十一歳でござろう。寺尾さまは、江戸おもてでふたたび先代の寵臣どもが政永公のまわりに集まらぬかとご懸念なされ、それがしをあらためてお若い政永公の腰物方に据え置かれたのよ」

「ふむ、ふむ」

誠之介は再度肯是の頷きを示した。確かにかつての政岑公の寵臣たちが政永公に近づくのを監視することはできる。実際、秀太郎は江戸藩邸でのそうした寵臣たちの動きを、逐一国家老の寺尾隼人正に報告しているのだ。だからといって、江戸藩邸の者が国家老の人事に異議を唱え、無理やり秀太郎を新藩主から遠ざけたなら、旧寵臣派が建直し派へ公然と挑戦状を突きつけたことになり、おいそれとできることではない。

「そこでだ」

秀太郎はつづけた。高田での政岑人気を好機ととらえた者たちの中で、秀太郎を殺害して国家老の江戸おもてに対する目を封じ、

「一気に勢力の巻き返しを図ろうとする者どもが出てきましてのう」

「あの三人組がそうか。あやつらが、おぬしの命を狙っていると?」

「それもある。同時に、向こうさんはそれがしがおぬしを見つけ、それを隠しているのではないかと疑いはじめておる。ほれ、このあいだのかわら版がきっかけとなったのよ。気をつけてもらわねば困るぞよ」

「ふむ、なるほど。向こうにすれば一石二鳥を狙っておるというわけか。したが、それほど巧妙な奴腹《やつばら》とは見えぬぞ。さっきもおもてで見かけたが」

「ほっ、旦那。あいつらでがしょ。縁台に腰かけていた……」

弥市が口を入れた。はしゃいでいても、さすがに目は周囲に配っていたようだ。だが、浪人の存在には気づかなかったようだ。いま、その者の姿が、

(雇われた刺客《しかく》か……)

誠之介の脳裡に色濃く浮かんできていた。

「ははは、ぬしらも気づかれたか。藩邸の中からすでにそれがしを尾けておりもうしてな。あの三人なら斬りかかってきても大したことはない」

やはり秀太郎も、深編笠三人の素人《しろうと》ぶりを看《み》て取っているようだ。

「したが、どんな悪知恵を働かさぬとも限らぬし。それに、あやつらの拠《よ》って立つ背景は江戸藩邸全体と見ねばならぬからなあ」

「ふむ。ならばおぬし、藩邸では四面楚歌《しめんそか》に近いと、さような状態かのう」

みずからを戒《いまし》めるように言った秀太郎を誠之介は見つめた。よく見ると年齢も自分とおなじ三十路《みそじ》に近く、顔立ちも顎《あご》の角張ったところなどが似ている。互いに同志と見たか、弥市は二人へ交互に視線を投げ見比べている。秀太郎の目つきは、澄《す》んだ誠之介より一癖《ひとくせ》ありそうな印象を受ける。敵味方の入り乱れる藩邸暮らしがそうさせているのだろうか。

「然《しか》り、限りなくそれに近い。藩邸内の御長屋に暮らしておるが、いつ寝首を馘《か》かれぬか毒を盛られぬかと、気苦労が絶えもうさぬ」

秀太郎は応じ、

「だからのう秋葉どの、おとなしゅうしていて下され。そなたの居所が旧寵臣派に知られ、かつその地がそれがしの請負範囲であったとなれば……くり返すが、それこそ丑松の変死は、寺尾さまの命によったものとでっち上げる格好の材料になってしまうのよ」

言うとブルルと身を震わせた。その緊張を、誠之介は理解できた。琵琶湖畔での事件が秋葉誠之介の仕業と明確になれば、政岑は激怒し隠居の身ながらただちに上意討ちの命を下し、誠之介に刺客を放つこととなろう。いまだそれがないのは、丑松の槍の一刺しによる死体は発見されても殺害現場を見た者はおらず、また国おもてで家老の寺尾隼人正が隠居の政岑を懸命に抑えているからに他ならない。それればかりではない。政岑の驕奢と高尾の件は、転封で落着したわけでは決してない。あくまでご政道に背《そむ》いた咎《とが》で吉宗将軍から睨まれているのだ。その国替え道中の途次に家老のからんだ藩士殺害事件があったとなれば、それこそ逆に藩政不届きと改易の理由にされかねない。そこに誠之介は、身を置いていることになる。

「……そういうものかのう」

いまさらながらに誠之介はおのれの身を振り返った。

「へぇえ。お武家とは、あっしら下々の奉公人から見る以上の厳《きび》しさがあるんでござんすねえ」

　恐れ入ったように声をはさんだ弥市に、

「これ、そなたもつまらぬ揉め事で秋葉どのを焚《た》きつけたりしてはならぬぞ」

「うへっ。したが……つまらぬとは……」

　たしなめた秀太郎へ恐縮しながら反発しようとした弥市を、

「控えよ」

　誠之介はまた制した。

　せっかくの海鮮を味わう雰囲気になかったものの、それでも膳け少しずつかたづいている。

　秀太郎は座をしめくくるように言った。

「これが藩邸のようすでのう、高田の国おもてでご家老も苦慮されておいでだ。だから、おぬしも……な」

　これを秀太郎は言いたかったようだ。政岑の〝能見物、苦しからず〟が引き金になっているとはいえ、一層強く言わねばならない事態に来ているのである。それを解すると同時に、さきほどの浪人の姿が、誠之介の脳裡によみがえってきた。

「なあ、吉沢どの。おもてのお人ら、すっかり待たせてしまったようだが……」

秀太郎につづいて浮かしかけた腰をまた落とし、今度は誠之介が話しだした。きょうを斬り抜ける策を、そこに語ったのだ。

（四）

動いた。だが今回も、三人組たちの目標が秀太郎なのか誠之介にあるのか、にわかに判断することはできない。しかし深編笠三人の目に、お供を連れた着流しの二本差しが小石川御簞笥町の手習い師匠と重なるはずはなく、しかも藩邸から秀太郎を尾けていたとなれば、

「――どうやら、おぬしのようだのう。しかも、標的として」

誠之介は富八庵の奥座敷で言ったのだ。かたわらに控えていた浪人者に、誠之介は着目しているのだ。歴とした武士たちに雇われたとなると、一応の使い手と見なければならない。

最初に富八庵の暖簾を出たのは誠之介と弥市であった。そのときは、深編笠

の三人組と浪人者に動く気配はなかった。

「やはり標的は吉沢のようだなあ」

「そのようで」

低く言った誠之介に弥市も声を殺し、素早く路地に身を隠した。心中、ワクワクしている。

秀太郎が暖簾を出た。三人の深編笠が互いに顔を見合わせるように動き、かたわらの浪人者がそれへ頷きを示した。

「ふふ。旦那のお見立てどおりだぜ」

物陰から弥市は低い声をながした。路地に身を隠したのは、それらの動きを慥《しか》と見届けるためであった。

まさしく思惑どおりだった。だが、不明な点もある。

さきほど富八庵の奥の部屋で誠之介は、

「――この白昼に襲うとすれば、故意に町家の雑踏を選ぶだろう」

言ったものである。浪人者ならそれができる。不意打ちで仕留めると同時に人混みへ駈け込む。その場で追う者さえいなければ、素性も塒《ねぐら》も知れぬ浪人にとって雑踏ほど逃げやすいところはない。それに、かえって事後処理もしやすい。死体はおそらく近くの自身番に運ばれよう。いずれの者か分からない死体を預かるなど、町家の自身番にとっては迷惑この上ない。しかも仏《ほとけ》が武士となれば、町奉行所の役人が出張ってきても扱いに困るだけである。そこへ深編笠の三人組が顔を出し、

——この者、当藩縁《ゆかり》の者なれば

ひとこと言えば自身番を運営する町役《ちょうやく》たちも町奉行所の役人も、喜んで死体を引き渡し、一件落着とすることは目に見えている。自身番とは、地主や大店《おおだな》のあるじなどその町の有力な者たちが町奉行所の差配で費用を出し合って運営しているのだ。それが町役である。町役たちは町内での揉め事を収めるのには奔走し努力も出費も惜しまないが、その分、外から揉め事が持ち込まれるのには極度に警戒し、関わりを避けようとする。その意識は町役だけでなく住人すべてに共通している。町内の者が助け合って平穏に生きようとするための智恵でもある。誠之介が藩の揉め事を手習い処の周辺から遠ざけようとするのも、そうした住人意識を心得ているからに他ならない。榊原家の旧政岑寵臣派の藩士たちがそこに目をつけたとすれば、むしろ巧妙な策と言えようか。

「——むむっ。町衆の意識を逆手に取るとは」

秀太郎が言ったのは、自分が狙われているかもしれないとの警戒よりも、

(武士にあるまじき所業)

憤りもなおさらである。もちろん誠之介もおなじ憤慨をもよおし、秀太郎といま連繫しようとしているのである。

「――へへ、潰《つぶ》してやろうじゃありやせんかい」

奥座敷で、武家の一端を知る者の思いからか、すかさず弥市も口を入れていた。

その弥市の潜《ひそ》む路地の前を三人の深編笠が過ぎ、さらに百日髷がつづいた。誠之介も秀太郎も知らぬ顔であれば、三人かあるいは藩邸の旧政岑寵臣派がいずれかより雇い入れたのであろう。

気の張りつめるなかに、富岡八幡宮につらなる雑踏は抜けた。さすがに深編笠たちは寺社奉行の地面に血を流すのは遠慮したか。ならばつぎの雑踏の地は……緊張はつづいた。

先頭を誠之介が行く。その数歩うしろに他人を装った秀太郎が歩を進めている。さらにそれの背後を、百日髷の浪人が三間(およそ五米《メートル》)ほどの間合いをとって尾け、それをうしろから監視するように三人の深編笠がつづき、そのま

た背後を中間姿の弥市が真剣な顔と目つきで、全体の動きを確認しながら進んでいる。深編笠の三人も浪人者も、目は秀太郎だけに向き、その前を行く着流しに塗り笠の二本差しはまったく意識に置いていないようだ。もし、さきほど富八庵から前後して出てきたことに照らし合わせ、つながりがあるのではと気づいたなら、落ち着きを失うなどなにがしかの動きを見せるはずである。それを見極め、動きがあったときには歩を速め、秀太郎と誠之介にさりげなく知らせるのが弥市の任務である。

任務はそれだけではない。誠之介の見立てどおり襲ってきたなら……弥市の心ノ臓はふたたび高鳴ってきた。足は人通りや大八車の騒音に包まれる永代橋に近づいた。その百十間の板張りも、人の行き交う〝雑踏〟に数えられる。しかも、襲われた者にとって逃げ場は限定される。

先頭に歩を踏む誠之介の耳に大川の流れと橋板の騒音が聞こえてきた。目にも見える。あと数歩……ふと脳裡をよぎった。

(あのときも、橋だったなあ)

京風堂の新造の一件である。

こたび誠之介は、故意に騒ぎとなる策を立てた。富八庵から誠之介がピタリとついて襲撃の刃《やいば》を防ぐことも、秀太郎が雑踏のなかで尾行の者を振り切るのも容易である。富八庵の勝手口から出て最初から撒《ま》いてしまうのはさらに簡単だ。だがそれでは、あすもあさっても、相手側におなじ行為を継続させることになる。だがそれでは、あすもあさっても、相手側におなじ行為を継続させることになる。だが一度、天下環視のなかで派手に失敗させれば、よほどの愚でない限りおなじ手は二度とくり返すまい。藩邸内でその失策が噂になれば、かえって秀太郎の安全を保障することにもなる。そのあと邸内の御長屋で一服盛ったとしても、犯人が政岑の旧寵臣派であることは誰の目にも明らかとなる。逆に政岑とその寵臣派は、窮地に立たされることになろう。

だから、

「――襲わせよう」

富八庵の奥座敷で誠之介は言い、秀太郎は同意したのだ。

騒音を耳に、いま誠之介の足は永代橋にかかった。秀太郎も橋に入ったことを感じながら、誠之介は全神経を背後に注いだ。

幾人もの下駄の音が身近にながれ、大八車の響きが直接足から伝わってくる。足は橋の中ほどにかかっている。大川に架かる橋でこの永代橋が一番長い。逃走の要を考えれば、打ち込む場所は限定される。その一カ所はすでに過ぎている。

ふたたび緊張が高まる。可能性は高い。背後から走り込み、そのまま走り去ればよいのだ。その橋のたもとに近づいたのである。背後へ向けた神経から橋の喧騒が瞬時消えた。聞こえる。にわかに秀太郎が歩調を速め、誠之介との距離を縮めようとしている。秀太郎は背に殺気を感じたのだ。

誠之介はいつでも腰を沈められる間合いを考えながら歩調をゆるめた。歩をとめればあと一歩で秀太郎の身が誠之介と横並びになるほど二人の間に距離はなくなった。周囲の騒音は誠之介の神経からさらに遠ざかり、秀太郎の気配にもう一つ気配が覆いかぶさった。聞こえた。

「きえーっ」

走り出た足音に打ち込みの掛け声が重なった。時間にすれば一呼吸の間もない。誠之介の身は秀太郎の斜めうしろに翻《ひるがえ》り、

「うっ」

素《す》っ刃《ぱ》抜きである。瞬時浪人はアッと思ったがすでに抜き打ちをかけ勢いもついている。そのまま打ち込む以外になかった。

——キーン

周囲の者は硬い金属音を耳にした。

姫路城下で宝蔵院流槍術《そうじゅつ》の伊達《だて》道場に学んでいたとき、槍はむろん免許皆伝だったが、むしろ刀で槍と向かい合ったときの動きを誠之介は得意とした。素っ刃抜きで槍の穂先を撥《は》ねて対手《あいて》のふところに飛び込み、一の太刀を打ち込む動きを、道場の者で躱《かわ》せる使い手はいなかった。

浪人は刀の切っ先を上に向かって大きく撥ねられ、

「とっとっとっ」

抜き身を手にしたまま秀太郎の横を駈け抜け、

「きゃーっ」

「危ねえっ、なんだこの浪人！」

橋のたもとのほうで騒ぎが起こった。すぐに消えた。浪人者はそのまま人混みの中に駈け入ってしまったのだ。とっさに対手の力量を悟ったか、踏みとどまらず三十六計を決め込んだのは、それなりに心得のある者だったのだろう。

すでに誠之介の刀は、頭の塗り笠を少しも乱さないまま鞘《さや》に戻り、かたわらの秀太郎は身構えるでもなく悠然と歩を進め、そのまま橋のたもとを抜け町家の人混みに紛れ込んだ。橋にいた往来人は、それが浪人者に狙われた武士であることにも気づかなかったのではないか。動いたのは着流しに塗り笠の侍で、しかも瞬時のことだったのだ。

「さっきの浪人、なんだったんだ……」

「いったいなにが……」

すぐそばで浪人者の走る風を受けた者は、驚くよりも戸惑いを見せている。

すかさず他所《よそ》で騒ぎが起こった。

後方である。

橋の往来人のなかで、

「おっ」

最初に声を上げたのは弥市だった。

「斬り合いだぞ！　斬り合いだっ」

駈け出した。

「おっと、もたもたすんねえ」

「な、なに！　無礼者っ」

弥市がぶつかったのは深編笠の一人だった。もちろん故意である。

「なにぃ」

立ちどまり三人の前に向きなおるなり、

「あっ、この侍たち！　いま抜き身かざして走って行ったのとお仲間だぜっ。さっきまで八幡さんの境内でつるんでやがった」

挑発的な大きな声である。

「なんだ、なんだ」

「さっきの浪人の仲間？　笠を取れ、笠を」

人だかりは瞬時であった金属音のほうよりも、三人の深編笠のまわりに集まりはじめた。衆が群れれば町人は強い。

「さっきの刀、誰かを狙ってやがった。その仲間だぜ、このお侍たちゃあ！」

「なに！　この天下の往来でかっ」

日ごろの武士への鬱憤《うっぷん》もあろう。集まった多数のなかから声が飛ぶ。

「やいやい、そこの編笠たち！　こんな白昼、なに考えてやがんだ」

「そうだ、そうだ」

弥市の間合いのうまさに加え、それが武家奉公の中間姿とあっては奇異に見えるが同時に説得力もある。大八車や荷馬がとまり町駕籠までがとまる。

「わ、わしらは関係ござらん」

「あ、あんな浪人者、知らぬぞ」

深編笠の三人が狼狽《ろうばい》すれば人はさらに集まり、弥市はすでに身を野次馬の中に隠し間合いを測ってさらに一声、

「あぁあ！　この侍たち。榊原家十五万石のご家臣だぜ！」

深編笠をかぶったままなのになぜ分かるのか、群衆は考えない。声の大きいほうに野次馬はなびく。しかも榊原政岑《まさみね》の行状は幾種類ものかわら版となって巷間《こうかん》に流布され、諸人の関心をさらっていたのだ。それを弥市は心得ている。

反応はすぐにあった。

「えっ。何千両か積んで、吉原の花魁《おいらん》を落籍《ひか》せたってえあの大名かい」

「ほうほう、高尾太夫とかいったぜ」

「まあ、いやらしい。あのお殿さんのご家来!?」

飛び交う声に深編笠の三人は一歩、二歩と欄干《らんかん》に押され、押されるからといってここで刀を抜けば、いや、その素振りを見せるだけで騒ぎがいっそう大きくなることは心得ている。しかも多勢に無勢、ここぞとばかりに天秤棒や竹竿《たけざお》で袋叩きにもされかねない。

（この上ない恥辱！）

それよりも、

(切腹!)

三人の脳裡を走ったかもしれない。

「ううううっ」

唸《うな》り、

「えぇい、邪魔だ。どけ、どけいっ」

素手で群衆の中に割って入った。道は開《ひら》けたが、

「高尾太夫さ、俺たちにも拝ましてくれや」

「独り占めはひどいぜ」

矛先《ほこさき》は日ごろ威張り散らしている武士である。溜飲《りゅういん》を下げるような声が飛ぶ。

三人は深編笠が飛ばないようにしっかりと手で押さえていた。弥市の姿はとっくに永代橋から消えている。

「へっへっへ、旦那ア」

と、弥市が誠之介に追いついたのは、日本橋の手前であった。来た道を返している。そのすこし先に秀太郎が歩をとっていた。こんどは永代橋までとは違

い、誠之介がうしろに尾いているのは、さきほどの浪人が再度騒ぎを起こさぬか一応の用心のためである。

まだ町家である。弥市は誠之介と肩をならべ、

「旦那ア。旦那ってやっぱり、ほんとうに変わったお人でござんすねえ」

感心の口調で、歩きながらまじまじと誠之介の顔に目をやった。

「なにが」

二人の足は秀太郎を追い常盤橋御門のほうに向かっている。

「なにがって、旦那。あの三人のお武家、まったく這《ほ》う這《ほ》うの態で……」

その場を逃げ去るのを、弥市は人混みから見ていた。何事もなかったように秀太郎を襲撃から護り、かつ三人の深編笠に群衆を引きつける策を組んだのは誠之介なのだ。武士が武士を、町人の好奇や嘲笑の目にさらさせる……さきほどの野次馬たちと同様、弥市にも考えられないことだったのだ。すべての武士を、仲間意識の強い一体のものとして見ている……。

「ふふふ」

誠之介は含み笑いを見せ、

「したが、こたびの一番の手柄は弥市、おまえだぞ。ほれ、先を行く吉沢もな

あ、さきほどさように言っておった」

「へ、へい」

恐縮したように、弥市はぴょこりと頭を下げた。策は誠之介でも、その役を遂行したのは弥市なのだ。

前方の秀太郎の足が常盤橋御門の石垣にさしかかり、振り返った。誠之介と合図のように軽く会釈を交わした。

町家の往還に何事もなかった。浪人者はこの御門から中には入れない。誠之介と弥市も秀太郎につづいた。弥市はまたそれらしく誠之介の斜めうしろについている。武家地の往還に秀太郎の姿が見えたが、誠之介と弥市は別の白壁の往還に入った。榊原家藩邸のある内濠一ツ橋御門は近い。誠之介の顔を知っている者がいるかもしれない。一緒にいるところを見られてはまずいのだ。

水道橋御門を出て伝通院の前も過ぎ、街道を御箪笥町に入ったのはちょうど陽の落ちたころだった。

「あらあ、二人とも。きょうは一日中いったいどこへ行ってたのですよう」

お勢が声とともに走り出てきて、座れというように縁台を手で示した。

「へへえ」

弥市が得意気に返した。朝に水道橋で偶然出会ったとはいえ、きょう一日、誠之介の中間としてなくてはならない役割を演じたのだ。お勢に対してだけではない。きょうの一日は、みろく屋の左兵衛も岡っ引の仁助も、まったく知らないことなのだ。それが弥市には嬉しくてたまらなかった。

（五）

当然かもしれない。しばらく秀太郎が小石川界隈に姿を見せることはなかった。あの三人組も来ない。永代橋の一件が噂になっている気配はなかったが、なにしろ榊原家の名も高尾太夫の名も出たのだ。詳細は一ツ橋御門外の藩邸には伝わっていようか。秀太郎も秘かに邸内でながしているはずだ。旧政岑寵臣派の失態である。深編笠の三人が謹慎に近い状態で逼塞《ひっそく》していることは容易に察しがつく。

秀太郎から連絡があったのは、五日ほどを経てからだった。呼び出しの文《ふみ》のときと同様、お勢を通じてであった。

「なんなんでしょうねえ、きょうはご在宅だと申し上げたのに」

と、怪訝《けげん》そうに言いながら、帯から小さな紙片を取り出した。二つ折りにしただけの簡単なものだった。開いた。四文字に一字の署名だけだった。

——至極満足　秀
藩邸内は予想したとおりに進んでいるようだ。だが、以前のように街道の縁台に腰かけただけで帰ったということは、まだ藩邸の誠之介への探索はつづき、

——おとなしく
吉沢秀太郎が語っているものと誠之介は解した。上意討ちの可能性が消えたわけではない。それに、あの浪人者の素性が分からないのも気になる。そうしたなか、

「許せ」

と、秀太郎が直接手習い処に訪いを入れたのは、さらに一月《ひしつき》ほどがすぎ、すっかり秋を感じはじめた、手習いが休みの日であった。朝のうちで、おもての煮売り屋はまだ暖簾を出しておらず、弥市も二日前からまたいずれかの屋敷へ日傭取の中間奉公に出ていた。

直接話したいことがあって来たのか、誠之介は玄関へ立つにも緊張を感じたが、秀太郎にそうした雰囲気はなく、

「この時刻なら、旧寵臣派の尾行もつくまいからなあ」

と、表情はむしろ朗報を伝えに来たようであった。

「藩邸に新たな動きでも？　それとも国おもてから何か……？」

「国おもてからだ。ご家老も苦笑いされておいでのようだ」

十二畳部屋に腰を下ろしながら言う秀太郎も、表情に苦笑を浮かべていた。

秀太郎が国家老の寺尾隼人正に知らせた江戸おもてのようすには、当然永代橋の一件も含まれている。その寺尾家の用人が数日前、所用があって江戸に出てきて秘かに秀太郎と会ったらしい。用人は、国おもてにあっては屋敷の中間や下男、下女らを使嗾《しそう》し、城下や村々のようすを隼人正に伝える目となり耳となっている。

「ご用人も、なんとも言えない表情をつくられてなあ。あの能見物勝手次第のことサ。それがなんとも、いやはや」

「ん？　どうしたのだ」

誠之介は嫌な顔つきになった。天下のご政道にたて突く〝奢侈〟の風潮を、新たな城下にまたばら撒いているのだ。それによって政岑公の評判が高田で、

——すこぶるよい

とあっては、建直し派にとってはおもしろかろうはずはない。それを語るのに秀太郎は、なぜだか愉快そうにしている。

「いかなる……?」

誠之介はさきをうながした。

「それがねえ、秋葉どの」

秀太郎は胡坐《あぐら》の足を組み替えた。双方の口調は、永代橋の一件を境に、仲間同士のようになっていた。

「能見物ナ、おぬしも聞いたとおり、そりゃあ最初は領民たちは喜んだそうな」

その経緯を、秀太郎は直接話したくて来たようだ。

最初は願ってもない仕合わせであっても、三度、四度となれば、誰もがいいかげん飽きてくる。一方、政岑の能好きは度を越している。土佐節の浄瑠璃を自分で語って諸人に聞かせるのはもとより、高尾太夫を横にはべらせ連日連夜とあっては、木戸銭御免とはいえ拝見に来る者はしだいに少なくなり、せっかく設けた庶民の席はまばらとなって、

「やがて誰もいなくなってなあ。出るのは家臣の妻子が順番にということにな

ったそうな」

「ふむふむ」

誠之介は相槌を入れた。姫路で自分も経験したことだ。

城からは連日、

「――お能を見よう、お能を見よう」

と、触れ歩く者が町々村々をまわったが人は集まらない。

「政岑公はますます張り合いがなくなり、そこで再度触れを出され、百石に何人と村々の石高割りにし、決まった人数の能見物を領民の課役となされたのだ」

おりしも秋の刈入れが始まった百姓衆にとって、

「願ってもない仕合わせが、この上ない迷惑になってしもうてなあ」

秀太郎はため息をつくと同時にニヤリと笑い、

「見に行く者は縄綯《なわな》いか莚《むしろ》打ちしかできなくなった爺さんか婆さんばかりになり、それでも〝道成寺〟などを演目に出されたのでは一日仕事になり、苦痛な上に体力も持たない。そこで、みょうな商いをする者が出てきてのう」

「ほう、いかなる」

誠之介は興味を示した。〝みょうな〟というからには、古着屋のようなありきたりのものではなかろう。

「それよ。代わりましょう、代わりましょう、などと村々をまわり、百文、二百文の日当を取って百姓衆の身替わりになってお城へ能を見に行く者が現われてなあ。おもに町の無頼の者どもがやっているらしい。入り口でそやつらはもっともらしく何村何兵衛などとご帳面に記《しる》し、一日を過ごして帰ってくるって寸法サ」

二百文といえば、江戸でも米一升が買える額である。越後ではもっと価値があろう。日傭取の商いとしては十分に成り立つ。弥市などが聞けば、喜んで行くかもしれない。それを思えば、

「あははは」

誠之介もつい笑ってしまった。

ところが、それだけでは収まらなかった。村中総出で稲刈りに出なければならないというときなど、無頼の連中はそれら百姓衆の足元を見て値を三百文ほどに吊り上げ、しかも弁当付きを要求し、それも握り飯だけではなく焼き鮒《ぶな》や鰌《どじょう》の煮込みまで付けさせているという。

「結局、木戸銭御免が高いものについてしもうたと、領民たちは困惑しきっているといった状況らしいのだ」

そうなれば、すでに脱藩し、かつ馴染みのない越後の話とはいえ、笑うわけにはいかない。同時に、お勢に引き合わされ、縁台で話したあの古着行商人の顔が浮かんできた。あの者も含み嗤いをし、売った古着をそのうち安く買い戻しに行くとも言っていたのだ。こうなることをすでに、

(見越していたのか)

行商人だけではない。弥市も富岡八幡宮の茶屋で秀太郎を前に嗤い、

「——そりゃあ最初のうちだけですぜ」

言っていたのだ。秀太郎もそれをはっきりと覚えていた。

「あの弥市とやら、なかなか目が高いなあ。さすがは、武家にも市井にも通じた御仁だ」

「ふむ」

誠之介は頷き、

「で、ご家老は?」

「もちろん苦慮され、政岑公に幾度《いくたび》も強く……」

「――せめて領民たちの農繁の時期においては、城中でのお能見物の宴《うたげ》はお控えくだされ」

談じ込んでているそうな。

国おもてから来た寺尾家用人の話はそこまでであったらしい。秀太郎はさらにつづけた。

「このまま推移すれば、領民の迷惑はやがて政岑公とそれを喜んでいる高尾どのへの怨嗟《えんさ》の種となろうか。それに、越後はあとしばらくで雪に閉ざされる。その環境の変化に、温暖な播州の地に馴染んだ国許家臣らの、政岑公への愛憎がいかように……それをご家老はご懸念あそばされておいでらしくてのう」

「ふむ」

誠之介は肯是の相槌を入れた。

「そこでだ、ご用人が申されるには……もっとも、それがしはこの前の永代橋の一件、おぬしに痛く感謝しておる。もちろん、ご家老にも細かく報告申し上げ、ご家老も痛く感じ入られたようで、こたびは特におぬしへ言付けがあり申してなあ」

「いかように？」

誠之介は身づくろいをするように膝を乗り出した。

「くれぐれも、おとなしゅう……と」

「え？　それだけでござるか」

「それだけだ。さて、長居は無用。それがしはこれで」

秀太郎は腰を浮かせ、

「そうそう。朝早くに藩邸を出るなど、十分に気はつけているつもりだが。付け馬などついてきておらぬか、ちょっとおもてを見てくれぬか」

「ふむ」

誠之介は物足りなさを胸に秘めたまま立ち上がり、玄関口に下りてさりげなくおもてを窺った。あのときの浪人者も含め、それらしい影はない。

「では、くれぐれもおとなしゅう、な」

秀太郎は三和土に下り、ふたたび言うと敷居を外にまたいだ。きょうの本題は、その一言だったのかもしれない。

秀太郎の背を見送りながら、

（だったら、なにゆえ俺を富岡八幡などに呼び出した）

心中に呟《つぶや》き、

「あっ、あのときも」

口をついて出た。あのときも秀太郎は藩邸のようすを説明したうえで、

(おなじことを言いたかった)

だが、結果は誠之介が率先してそのときの策を練るところとなってしまい、そこに一番の働きを見せたのが弥市だった。

『へっへっへっへ』

弥市の声が聞こえるようだった。弥市は誠之介が何事につけても右へ左へと奔走することにワクワクしている。

十二畳部屋に戻った。

(そういう性分《しょうぶん》か)

自分のことである。みろく屋左兵衛や岡っ引仁助の、眉毛の対照的な二人の顔も浮かんできた。

また呟いた。

「えらいところに住み着いたものだわい」

目がチラリと長押《なげし》の槍に向かった。

四　悪徳掃除

（一）

手習いが終わり、いつもどおり潮が引いたように静まった手習い処に、

「仁助の親分ねえ、ご機嫌ななめですぜ」

中間《ちゅうげん》姿の弥市が声を入れたのは、吉沢秀太郎が〝至極満足〟との文《ふみ》をお勢に託《たく》してから十日ほどを経てのことだった。秋葉誠之介が、政岑《まさみね》の能見物木戸銭御免が高田で不評を買っていることを知る二十日ほども前のことになろうか。

言いながら十二畳部屋に上がってきた弥市に、

（向こうでの一件が洩れてきたか）

誠之介は思った。だが、武家の争いから誠之介が素《す》っ刃《ぱ》抜きを見せたのは永代橋である。それで小石川の岡っ引が不機嫌になるのでは、

（ちょいと息苦しいなあ）

などと思いながら、

「なにがだね」

文机《ふづくえ》をはさんで腰を下ろした弥市に顔を向けた。

「なにがって、旦那。以前にも話したことがありやしょう。ほれ、小日向《こひなた》の茗《みよう》荷谷町《がだにちよう》のことでさあ」

「あ、、あれか」

誠之介は返した。

小日向茗荷谷町といえば、小石川御箪笥町から南へ二丁（およそ二百米《メートル》）ほど進み、寺と武家地に囲まれた町家で、そこからも誠之介の手習い処に来ている子がいる。蕎麦《そば》屋の息子だが、その母親も一度誠之介に愚痴《ぐち》をこぼしたことがある。つい最近のことだ。

「――あんな見世《みせ》、ないほうがいいんですけどねえ。町の者、みんなそう思ってるんですよ」

誠之介になんとかして欲しいといった口振りだったが、かなり遠慮気味な口調だった。

武家地や寺社地を含め一帯の土地が南向きのゆるやかな傾斜地となって、日当たりがよいことから小日向と言われ、その台地に狭い谷間となった地があって武家屋敷や寺、町家が建ちならぶ前は茗荷が栽培されていたことから、土地の者はそこを茗荷谷と呼んでいた。いまは小ぢんまりとした町家となり、周囲の武家屋敷の奉公人たちを相手にした飲食の屋台が出るほか、煮売り酒屋や蕎麦屋などが小さな暖簾《のれん》を連ねている。

そこに女郎屋が一軒ある。一年ほど前からで、住人たちが知らぬ間にできていたのだ。誠之介が御簞笥町に手習い処を開く半年ほど前のことになる。夕刻ともなれば武家屋敷の中間や若党などが出入りをしはじめ、それで町内の者は気づいたのだ。だが、そこからながれてくる客で潤《うるお》う飲食の店舗《みせ》もあり、それを目当てに女郎屋のすぐ前に屋台を出す者もいる。周囲はけっこうおこぼれに与《あずか》っていたのだが内心は、

「――でもねえ」

言う者は少なくなかった。

「――その声が最近、高まっておりやしてね」

と、弥市が誠之介に言ったのも最近のことである。

「――ところがそこには浪人者の用心棒がいやしてね、直接あるじに文句が言

えないらしいですよ」

　とも話していた。

　このとき誠之介は、手習い子の母親が愚痴をこぼしていたのは浪人者の用心棒のことかと解したが、茗荷谷町のことはさほど気にもとめなかった。吉沢秀太郎からは〝おとなしゅう〟と言われ、他所《よそ》の町のことでもあったからだ。それによって手習い子の家が具体的な被害を受けたわけでもない。

「仁助が茗荷谷の住人からなにか頼まれ、出張ってみたもののうまく話が進まなかったとでもいうのか」

　誠之介は、仁助が茗荷谷の女郎屋を探りに行ったが浪人者の用心棒に追い返されたのではと想定し、

（仁助が直接合力《ごうりき》を頼んできたなら）

　ふと頭をよぎった。旗本の青木郷三郎のときも京風堂の件も、誠之介は岡っ引の仁助、みろく屋左兵衛、それに弥市らと一体となって動いたのだ。直接合力を頼まれれば、

（知らぬ半兵衛など）

　決め込むことはできない。

「いえ、その逆なんでさあ。だから仁助さんはご機嫌ななめで」

「どういうことだ」

予想外の返答に、誠之介はあらためて胡坐《あぐら》の上体を弥市に向けた。

「へへ、そう来なくっちゃ」

弥市は誠之介が話へ乗ってきたことに気をよくしたか、正座に組んでいた足を胡坐に崩し、話し込む姿勢をとった。

もとより幕府公認で浅草の北側に設けられた吉原遊郭以外で傾城町《けいせいまち》の真似事をするのは、すべて私娼としてご法度になっている。だから人々はそうした所を〝岡場所〟と呼び、吉原とは区別している。吉原以外の場所で〝他場所《ほかばしょ》〟がなまって〝岡〟の字が当てられたのだ。

一般の町家にそうした岡場所が秘かにできていないか、探って町奉行所の同心に通報するのも岡っ引の仕事である。だが、よほどの揉め事や不祥事がない限り、岡っ引たちは目をつぶり、同心たちもそれを承知しているのが世の常態である。現場の岡っ引も背後の同心も、そこから見逃し料などで相応の利を得ているのだ。とくに岡っ引などは、自分の縄張内に岡場所のあるほうが実入りもあって、羽振りよく振る舞えることになる。

その茗荷谷町に、住人たちが困惑の声を大きくし、揉め事に発展しそうな事態が起きていた。

まだ真夏の暑い盛りのころだった。茗荷谷町の町内で空き家になっている家作を借りた者がいた。さっそく大工や建具師が入って改装に取りかかった。それがどうもおかしい。入り口が控えめで小さいのだ。なにかを売る店舗の構えではない。近所の者は不審に思い、他の町に住んでいる地主を訪ね、借り主を確かめた。恒春屋《こうしゅんや》などとふざけた屋号で、あるじは徳兵衛《とくべえ》という男だった。聞き出した住人は、

(――はて、聞いたような名だが)

思いながら茗荷谷町に戻り、町内でそれを話した。それから騒ぎは大きくなったのだ。

「――あっ、あたし、あの見世《みせ》に出ている女とちょいと立ち話したことがあるの。屋号はそう、恒春屋であるじは徳兵衛と言ってた」

亭主と屋台で天麩羅《てんぷら》を売っている女房が言ったのだ。

それほど徳兵衛なる男は屋号も前面に出さず控えめに営業し、町の住人はそれを〝町内の岡場所〟と呼び、周囲の武家地から来る客は〝茗荷谷の見世〟と

言い、恒春屋という屋号が諸人《もろびと》の口の端に上ることはついぞなく、徳兵衛も住人との付き合いはまったくなかったのだ。そうしたあいだは、

「――どの町にもあることだし」

と、茗荷谷町の住人たちは大らかに見ていた。おこぼれに与かっている店舗は多く、男たちは遊びたくてもすぐそことなればかえって行きづらく、女たちにすれば町内で監視もしやすいというものである。ところが恒春屋徳兵衛がもう一軒、町内に空き家を借りたとなれば事情は違ってくる。一軒が二軒となり、二軒が三軒となってやがて町の雰囲気は色街へと変わっていく。江戸市中にそうした岡場所の密集地となって名を馳《は》せている町は随所にあり、奉行所も隠れて点在するより、多くが一カ所に集っているほうが取り締まりやすいと大目に見ている。定町廻《じょうまちまわ》りの同心などはそうした町を受け持ちたがり、岡っ引もそこを縄張にしようと奔走する。

茗荷谷町のように小ぢんまりとした町家では、ひとたびその方向に転がりはじめたなら、町全体が艶《つや》っぽいというよりも卑猥《ひわい》な色に染まってしまうのにそう時間は要しないだろう。

住人たちは恒春屋につめかけた。

「――まさか、この狭い町で女郎屋をもう一軒開こうってんじゃないだろうねえ」

問いつめるつもりだったのだ。だが徳兵衛は不在で話にならず、あげくに用心棒の浪人に脅され、追い返されてしまったのだ。ちょっとした騒ぎだったらしい。

当然、仁助の耳にも入っている。

「いえね、さっきつぎの仕事のことでみろく屋さんに行ってたんでさあ。すると仁助さんが来てなすってね」

弥市が言ったのへ誠之介は、

「永代橋の件は話さなかったろうな」

「もちろんでさあ。中間奉公の者はね、自分の屋敷の揉め事を外には洩らしませんや」

武士の居宅なら、二十俵か三十俵の貧乏御家人が暮らす板塀の家作でも〝屋敷〟と言うが、弥市はこの手習い処も武家の屋敷に見立てているようだ。

「それでね、仁助さんが珍しく愚痴を言いなすってね」

話をもとに戻し、弥市はつづけた。

奉行所がその気になれば、私娼窟《ししょうくつ》は踏み込んで闕所《けっしょ》にすることができる。できるというよりも、本来ならやらなければならないのだ。闕所処分にした私財は売り払って幕府の御金蔵に収め、あるじは江戸追放で女たちは解放《ときはな》しにするのが御掟《ごじょう》である。その御掟があるから、お目こぼしを願い、定町廻りの同心や岡っ引への実入りもあるのだ。

「――茗荷谷のやつらめ、俺をなんと看《み》てやがるんだ。ちょいと相談してくれりゃあ、一軒だけポツリとあるところなんざ、たちどころに闕所に持ち込んでやらあ。遠慮しねえで早く清水谷へ相談に来りゃあいいものを」

仁助は言ったらしい。茗荷谷町の住人が清水谷町へ願い立てに来るのを待っているのだ。

思惑がある。仁助の縄張は小石川一帯であり、街道の周辺である。茗荷谷町は近くだが範囲ではない。それに寺と武家地に囲まれた小ぢんまりとした町家だけに、そこを明確に縄張と宣伝している岡っ引はいない。だから仁助は気分的には、

(どうせ俺の縄張よ)

そう思っている。そこへ現場の住人から仁助に願い立てをし、八丁堀に通報

していかがわしい箇所を闕所にしたとなれば、その町は慥《しか》と仁助の縄張となり、周囲もそれを認めることになる。

「みろく屋の左兵衛旦那もそれを望んでなすってね。そこで左兵衛旦那から言付けがあったのでさあ」

「どんな」

誠之介は問い返したが、およその見当はついていた。案の定であった。すでにさっき、頭をよぎったことでもある。

「へへ」

と、弥市は長押《なげし》の槍に軽く視線を投げ、

「向こうには用心棒の浪人がいまさあ。だから仁助さんが内偵に行くときにゃ同道してやってくだせえ、と……みろく屋の旦那が。へっへっへ。川越街道じゃや、膝折宿まで一緒に出張った仲でござんすからねえ。茗荷谷なんざちょいと一走り、目と鼻の先でさあ」

「ふむ。もとより」

誠之介は応じた。

「そう来なくっちゃ。そのときゃあっしは槍持奴《やりもちやっこ》になりやすぜ。さあ、またおもしろくなってきやがったい」

弥市は嬉しくてたまらないといった表情になった。それを言付けるために手習い処へ立ち寄ったのだ。

「ここんとこしばらく日傭取《ひようとり》の口はなさそうなので、あっしが露払いで茗荷谷の近辺を洗ってきまさあ。あのあたりのお屋敷でも、これをやっていやしょうからね」

手で壺振りの仕草をし、腰を上げた。

「それはいいとしても、恒春屋とやらへなど、上がったりするんじゃないぞ」

「へえ。分かってまさあ、あんな近くじゃかえって……」

弥市はもう十二畳部屋から玄関の板敷きに出ていた。

来ない。

（二）

だが、来た。

茗荷谷町では住人らが不安を募らせるなかに新たな〝見世〟の改装は進み、

客になっている武家地の中間や若党らも、

「――ほーう、茗荷谷にもう一軒かい。いつ開業だい」

「――二軒になりゃあ、待たされたあげく女の取り合いで喧嘩《けんか》などしなくて済むぜ」

などと言っているのを、弥市は誠之介に報告していた。

用心棒立会いのもとに一度だけ住人との話し合いに応じた恒春屋徳兵衛は言ったそうな。

「――はい。二軒目はそうした揉め事を防ぐためでございますよ。町のためにもなりますでございます」

なるほど岡場所では客同士が女をめぐって喧嘩をし、酒が入っているときなどつい刃物を振りまわし、殺しにまで進んでしまうことがある。岡場所が用心棒を雇っているのはそれを防ぐためだが、

「――徳兵衛って野郎は小太りで腰の低い御仁らしいが、用心棒の野郎が横合いから住人たちを睨みつけ、みんな気味悪がってたらしいですぜ」

弥市は話していた。

「――どんな浪人だ。会ったことはあるか」

「——いえ。見世にゃ上がったことねえもんで。へへへ」

そうも答えていた。誠之介はみろく屋左兵衛からの依頼もあったせいか、もうすっかり茗荷谷への関わりを既定のことのように念頭へ置いているようだ。弥市の物見《ものみ》以外しばらく何の音沙汰もなかったところへ、来たというのは仁助からの依頼ではなく、複数の顔触れであった。それも、

「——くれぐれも、おとなしゅう」

と、吉沢秀太郎が国おもての能見物のようすを直接誠之介へ告げた翌日だった。国家老の寺尾隼人正からの言付けだというその言葉が、明瞭に耳朶《じだ》へ残っている。

潮の引いた手習い処に訪《おとな》いの声が立ち、玄関の板敷きに出た誠之介は、

「おや、これはこれは」

相好を崩すと同時に緊張を覚えた。茗荷谷町から息子を手習いに通わせている、蕎麦屋のおかみさんだったのだ。ほかに四人も、おかみさんばかり五人である。緊張を覚えたのは、それらの表情に切羽詰ったものが感じられたからである。

蕎麦屋、屋台の天麩羅屋、荒物屋、炭屋、古着屋のおかみさんだった。それ

ら異なる職種からも、

（町の総意を持って来た）

　ことを示している。五人は、誠之介がひとまず上へと言うのをさえぎり、

「いえ、ここで」

　と、三和土《たたき》に立ったまま話し出した。

「すぐ、すぐ来てください。先生！」

　用件の口火を切ったのは蕎麦屋のおかみさんだった。

　聞けば、十数日前から隠密同心についているという岡っ引が町に出入りし、

「あたしたちに恒春屋のことをいろいろ訊《き》くのさ」

「内偵ですよ。しかも向こうから来てくれて。あたしら協力しましてね。もちろん亭主どもも一緒にですよ」

　天麩羅屋に荒物屋がつなぎ、

「その岡っ引、重左《じゅうざ》さんといって、さすが隠密同心の御用聞きで、もう一軒が客を取りはじめるのが間近いってことを嗅ぎ取って来たのさ」

「それで最後の確認に恒春屋の徳兵衛へ直接、詰めを入れると言ってなさるところへ。それがきょうですよ。いつも留守の徳兵衛がひょっこり来て恒春屋に

入っていったのさ」

と、炭屋のあとに古着屋がつづけ、

「向こうには用心棒が……だから重左さんを押しとどめ、いまあたしの店舗《みせ》に待たせているのですよ。お師匠！　一緒に、お願いします。用心棒を押さえ……重左さんは素手なんですよう」

締めくくるように蕎麦屋のおかみさんが言った。

（なぜ仁助ではない）

疑問に思ったが、重左とやらは町の者に隠密同心の手の者とはっきり言っている。隠密同心とは文字通り受け持ち区域には関係なく変装して江戸市中のどこにでも潜入する、いわば神出鬼没の同心である。そこから手札をもらっている岡っ引なら、当然縄張などなくどこに探索の手を入れてもおかしくない。

しかも、

「今すぐに」

と、五人ものおかみさん連中が険しい表情で来ているのだ。手習いは潮の引いたあとであり、断る理由はない。

「うむ」

頷き、着流しのまま大小を腰に差した。

(弥市を)

と思ったが、いまいずれかへ日傭取に出ていることを思い出し、

(相手は一人、槍持を連れて行くまでもあるまい)

念じ、

「参ろう」

おかみさん連中に従った。

枝道とはいえ、儒者髷《じゅしゃまげ》に二本差しの侍を五人の中年女が囲み、

「早く、早く」

裾《すそ》を乱し小走りに駈けているのだから、

「えっ、茗荷谷でなにか!」

すれ違った者は思わず声に出す。噂はすぐ町内を走るだろう。

重左なる隠密同心の岡っ引は言葉どおり蕎麦屋で待っていた。数人の住人が取り巻いている。誠之介が入ると、

「ほう、町の師匠とはご浪人さんのことで」

四十がらみか、なかなか押しの強そうな顔立ちである。言いながら腰を上げ

たが、迷惑そうな素振りにも思えた。町の者に言われ、仕方なく待っていたのかもしれない。

(なるほど)

誠之介は解した。大急ぎで住人たちが誠之介を呼んだのは、もちろん探索が刃傷沙汰《にんじょうざた》になるのを防ぐためもあろう。それにもう一つ、監視役のようだ。いきなり現われた岡っ引に住人たちは馴染みがない。恒春屋とお目こぼしの裏取引をしないよう、尋問に立ち会う必要があろう。界隈でこの二役ができる者といえば、誠之介しかいない。

「さよう。近くの町で手習い処などを開いておる。参ろうか、恒春屋とやらいう見世へ。最後まで付き合うぞ」

「さようですかい。ですが、話はすぐ終わりまさあ。ともかく向こうさんの用心棒の動きだけは封じてくだせえ」

ただ迷惑がっているだけではなさそうだ。町の師匠とやらの同道を、それなりに生かそうとの気はあるようだ。ということは、町の住人たちを味方につけているものの、最初は一人で乗り込もうとしていたのだから度胸もあれば機転も利き、こうしたことへの場馴れもしているように見受けられる。

（やはり隠密同心の配下……なかなかの男）

思いながら重左なる岡っ引と肩をならべ外に出た。背後には男女の住人が幾人もゾロゾロとついてくる。

「親分、恒春屋を闕所に持ち込んでくだせえ」

「そう、徳兵衛ってのはお江戸追放に」

背に声がかかる。そのたびに重左は振り向き、

「もぐりの春は許せやせんからねえ」

返している。住人たちからは、

「ホーッ」

と、声が上がる。重左に袖の下を得ようなどといった気は感じられない。それがかえって、

（みょうだ……出来すぎている）

誠之介はフッと不自然なものを感じた。だがその疑問を解く暇《いとま》はなかった。

狭い町である。もう目の前が恒春屋の玄関口であった。

中では外のようすをさっきから察していたのか、訪いを入れるとすぐに若い者が出てきて、通された部屋には徳兵衛と用心棒が待っていた。

異変と言うよりも予想外のことが、まずこのとき出来《しゅったい》した。

住人たちは恒春屋の玄関前を埋めている。部屋は玄関の板敷きを上がったすぐのところにあり、混み合っているときには客が暫時《ざんじ》待たされる間であろうか、おもてのざわめきが感じられるなか、徳兵衛と用心棒に対し重左と誠之介が腰を下ろそうとした瞬間である。

「うっ？」

「おおぉぉぉ」

誠之介が気づくのと対手《あいて》の用心棒が声を上げ、腰を浮かしてうしろへ跳び下がるのとがほとんど同時であった。

「お、お知り合いか⁉」

「いってえ！」

重左と徳兵衛が声を上げるのもまた同時であった。

思いもかけなかったことに用心棒は尻餅をついたかたちで前に突き出した足をくの字に曲げ、だらしないかっこうになっている。永代橋で秀太郎を襲おうとしたあの浪人者だったのだ。ある程度の使い手とはいえ、すでにあのとき、力量の差は明確となっている。

誠之介は内心、

(あの三人組、かようなところから刺客を連れてきていたのか。ますますもって策のない連中)

拍子抜けするとともに嗤《わら》えた。同時に、永代橋の一件がここに落着した思いにもなった。それはまた、

――おとなしゅう
耳朶《じだ》に残っていた声を薄めるものでもあった。

「以前、ちょっとしたことがあってのう」

誠之介は声を部屋にながすと視線をその浪人者に向け、

「ほう、おぬし。こんなところの用心棒だったのか。再度出過ぎた真似をすると、こんどこそ首と胴が離れるものと思え」

あの三人がいくらで雇ったかは知らぬが、金で人を殺そうなど、

(許せぬ!)

つい誠之介は、無頼のような威嚇《いかく》を口にした。

「ううううっ」

浪人者はまだ尻餅をついたままである。徳兵衛は突然の事態に狼狽《ろうばい》の態《てい》を隠

していない。

誠之介は重左へ視線を返し、

「さてそなた。この恒春屋とやらに訊きたき義があるのでござろう。さあ、始められよ」

落ち着いた口調をかぶせた。座はまるで誠之介が差配しているかたちになった。重左はそれに乗ったかそれとも誠之介の余勢を駆ってか、

「おう、恒春屋とはふざけた屋号をつけやがったものよ。徳兵衛さんとかいったなあ。色っぽい女たちで稼いでいることは、とっくに調べがついてるぜ。きょうはおめえの面《つら》を確かめに来ただけよ」

徳兵衛へ威圧的な口調を浴びせると顔を誠之介に向け、

「さあ旦那、用事は終わりやした。帰《けえ》りやしょう」

言うなり腰を上げたのに誠之介はいささか面喰った。

「あぁぁあ」

徳兵衛は誠之介につづいて重左にも圧倒されたのか、言うべき言葉を失っている。

重左はもう廊下に出ている。驚きながら誠之介はつづいた。差配は重左に移

ったようだ。玄関に立ってから徳兵衛がようやく、

「お、親分さん。えへへへ、お住まいはどちらで」

袖の下を匂わすような口調をつくった。これまでそれを引っ提げて世を渡ってきたのだろう。腰を折り、返答を待つように重左の顔をのぞきこんだ。

「野暮なことを訊かれても困るぜ」

重左は毅然と言っておもてに出た。態度は堂々と、しかも鮮やかに見えた。外で待っていた住人たちは、重左があまりにも速く出てきたことに驚きながらも、

「親分さん、引っ括《くく》らなかったのですかい」

「ならば闕所に！」

口々に言う。もとより岡っ引にそのような権限はない。噂や嗅ぎ取った裏を手札をもらっている同心に耳打ちするのが役目なのだ。

圧倒され、しかも住人たちの熱気にも押されたのか、徳兵衛はおもてに顔を出そうとしない。

「あんたら、そう急《せ》かせてもらっても困りますぜ」

重左は住人たちに言うと、あとにつづいて出てきた誠之介に振り返り、

「旦那、どんな経緯《いきさつ》か知りやせんがありがとうございやした。おかげで思いのほかうまく行きやした。あとはお上の仕事でさあ。お任せあって、手習い処とやらでおとなしゅうしていてくだせえ」

皮肉っぽく言うとくるりときびすを返し、

「安心しなせえ。掃除はやらせてもらいやすぜ」

人垣を押しのけた。

住人たちは呆気にとられたように道を開けた。残された誠之介は、

「うーむ。かなりの男」

唸りながらその背を見送った。背はすぐに見えなくなった。

(三)

まだ陽は高い。

岡場所の用心棒が榊原家十五万石を左右するかもしれない刺客だったとは、あまりにもの旧政岑《まさみね》寵臣派の稚拙《ちせつ》さに蔑視《べっし》の念を感じるとともに、

(あのような一派のために)

おなじ十五万石でも実質石高がおもて石高を上まわる播州姫路藩から、これから雪に閉ざされる越後高田藩へ、

(国替えにならねばならなかったとは……)

あらためて政岑公とその取り巻きへの憎悪が湧いてくる。

――おとなしゅう、目立たぬように
と、国家老の寺尾隼人正や江戸藩邸の吉沢秀太郎などは言うが、

(それでいいのか)

思われてくる。

それよりも、

(さきほどの岡っ引……重左……か)

あっけないほどの引き揚げぶりに、

(いったい、なんだったのか)

疑念が湧く。

いま誠之介は、十二畳部屋に独《ひと》り座している。

確かに住人たちは、蕎麦屋も屋台の夫婦も炭屋も、誠之介同様あっけにとられながらも、

「――掃除はやらせてもらいやすぜ」

重左の言葉に期待を寄せる風情でその背を見送っていた。

開け放した玄関口から小さな裏庭に、秋を感じさせる風が吹き抜けた。

「うーむ」

書見台から目を離し、誠之介はまた唸った。重左の腹が分からなければ、その先の展開も読めない。だが、これですぐ近くの、そこから手習い子も来ている茗荷谷町の問題が、終わったわけでないことだけは解している。むしろ、さきほどのあっけないばかりの動きが、

(新たな事態への幕開け)

のように思えてくるのだ。

陽が西の空に大きくかたむきはじめた。もう夕暮れ時は近い。恒春屋の玄関は提燈《ちょうちん》を出す準備をはじめただろうか。

さきほどの噂は、すでに一帯を駈けめぐっていた。

「旦那、いなさろうかい」

不意に玄関口から入ってきた声が、仁助であるのはすぐに分かった。不機嫌

そうな響きである。その理由を誠之介は解している。弥市の話から、仁助が茗荷谷町に気をとめていることは知っていたものの、きょうの動きはその仁助をまったくないがしろにしたものだったのだ。誠之介はまるで待っていたように腰を上げ、

「ほう、これは仁助どの。やはり茗荷谷町のこと、お聞きになったか」

「お聞きになったかじゃありやせんぜ、旦那。上がらしてもらってもようござんすかい」

仁助はもう草履《ぞうり》を脱ぎ、片足を上がり框《かまち》にかけようとしている。

「ふむ。それがしも待っておった」

誠之介は言い、手で十二畳部屋を示した。

「旦那、待っておったとはお言葉ですぜ」

やはり機嫌が悪い。言いながら仁助は荒々しく畳に腰を落とした。文机をはさみ、

「どういうことでござんすかい。お聞かせ願いやしょう」

「ふむ」

身を乗り出した仁助に誠之介は応じ、

「茗荷谷町のかみさんたちがいきなり来て……」

仁助を抜きに事が運ばれた経緯《いきさつ》を話しはじめた。あの用心棒との経緯につい
ては、榊原家の内紛までは語らなかったが、武家同士の諍《いさか》いで斬りかかって来
たのを素っ刃抜きで防いだことは話した。

「ふむ、それで」

薄い眉毛をときおり動かし、誠之介を喰い入るように見つめて聞く仁助のよ
うすは不気味でもあった。話が進むなかに、

「やはり、隠密同心が……ふむ……重左ですかい」

その名を知っているように頷《うなず》き、

「徳兵衛……なるほど」

と、恒春屋の名も承知しているようであった。

すでに陽はかたむいている。

玄関先に響いた下駄の音はお勢である。

「あらあら仁助さんも。ならば、きょうの茗荷谷町のこと？　いやですねえ、
あんな近くにいかがわしいところなんて」

自分の部屋のように十二畳部屋に上がり込むのはいつものことである。空い

ている文机に持って来た夕飯を盆ごと置き、

「仁助さんのも用意してきましょうか」

「おう、お勢さん。すぐ出かけるから、早くできるのを頼んまさあ。そうそう、握り飯だ。さ、旦那も早く済ましてくだせえ」

自分ばかりか誠之介にまで急《せ》かすように言った仁助に、

「は、はい。すぐに」

お勢は驚いたように部屋を退散し、玄関の外に下駄の音を響かせた。

「どういうことだね」

ふたたび仁助と向かい合い、誠之介は問いを入れた。

「さ、それよりも旦那、腹ごしらえを。食べながら聞いてくだせえ」

仁助は文机の盆を手で示し、

「同業が重左なら手札を渡しているのは確かに隠密同心で、田岡伊十郎《たおかいじゅうろう》という御仁でさあ」

話し出した。

「知っているのか」

誠之介は夕飯の盆を引き寄せながら返し、聞く表情になった。部屋の主役は誠之介から仁助に移っている。仁助はつづけ、誠之介は言われたとおり箸を動かしながら耳をかたむけた。

「あの二人、巧妙なんでさあ。一度や二度じゃありやせん。それこそお上を笠に手を入れ、それが手柄になると同時に私腹も肥やしていやがる。そこに泣いた者は幾人いるか知れたものじゃねえ。それに徳兵衛って野郎ですが、なんでもない町家にポツリと女郎屋を開き、危ねえと看《み》りゃあすぐ畳《たた》んで他所にまた開くってふざけた野郎で、常時、三、四カ所ほど持ってやがるそうです。茗荷谷で一月《ひとつき》ほど前《めえ》に噂を聞いたとき、たぶんその野郎じゃねえかと思ったのですが、ま、あっしの縄張みてえなもんだから、住人が泣きついてくるまでとタカをくくっていたのが間違《まちげ》えのもとでした」

仁助は一息つき、誠之介は、

「ふむ、それで？」

相槌を入れた。

「あんな飛び地のような町家でも、さすがと言いやしょうか、隠密同心の田岡伊十郎と重左の野郎は嗅ぎつけ、手を出しやがったって寸法でしょう」

「それで、きょうの仕儀になったというわけか」

「そのようで。そこへどういうわけか知りやせんが、旦那が徳兵衛の用心棒に所縁《ゆかり》があったという付録がついたってことになりやしょう。しかも旦那がその用心棒を圧倒しなすった。徳兵衛め、きっと驚いたと思いやすよ。そこなんでさあ、秋葉さま」

仁助はいきなり力を入れた語調になり、箸を動かしながら聞いている誠之介に向かい上体をせり出した。

「うっ」

誠之介が箸をとめ、応じたときだった。また下駄の音が響き、

「はい、仁助さん。ご注文どおりに」

お勢が大きなおにぎりを三つ載せた盆を手に十二畳部屋に上がり、

「まっ」

小さな声を上げた。仁助が誠之介を見つめたままであったことも含め、なにやらその場に緊迫したものを感じたのだ。

「それじゃ、ここに置いときますよ」

その雰囲気に退散しようとするお勢に仁助は顔を向け、

「お勢さん、今夜はずっとおもての煮売り屋にいなさるかい」

「えっ」

お勢は驚いたように問い返した。出かけることなどない。昼も夜も煮売り屋の娘のようになっているのだ。

「いや、それならそれでいいんだ。ちょっと訊いたまでだ」

そこに気がついたように仁助は言いなおし、顔をまた誠之介に向けた。これには誠之介も軽く訝《いぶか》った表情になったが、

「で、旦那」

と、急ぐように仁助はふたたび話しだした。

「いったい」

お勢は小さく言い、また下駄の音を玄関に響かせた。外はそろそろ暗くなりかけている。

「その重左の野郎ですがね」

仁助は文机の上に身を乗り出したままである。握り飯を頬張るとほとんど噛まずに飲み込み、

「旦那も拍子抜けするほどさっさと引き揚げやがったってことですがね。重左め、悔しいがけっこう機転の利く野郎でしてね。きょう重左の来たのが徳兵衛

の面通しだったってのは本当でございやしょう。そこで早急《さっきゅう》に引いたのは、思いがけなくも旦那が出てきて、徳兵衛の用心棒を圧倒しなすったのを見て感じるものがあったからでございますぜ」

「いかなる？」

「つまり、邪魔が入っちゃ困ると。野郎め、そのあときっと田岡伊十郎のところへ走りやがったに違えねえ。やつら、おなじ穴の狢《むじな》でござんすからねえ。昼間の面通しが第一幕とするなら、やつらにとって肝心な第二幕が始まるのは、こりゃあ早いですぜ。今夜かも」

仁助は二つ目の握り飯を食べ終わっていた。

「よく分からんが、その第二幕というのは？」

「話している暇はありやせん。道々話しまさあ。ともかくようすを見に行きやしょう。さあ、旦那」

仁助は残った握り飯をつかみ、腰を上げた。

「うむ」

誠之介はもう食べ終わっている。つられるように立ち上がった。部屋の中はもう暗い。なかば手探りで刀掛けから大小を取り、腰に差した。それを待つよ

うに、

「さあ、旦那」

仁助は再度言い、足元に気をつけながら外に出た。すでに淡い月明かりを感じるほどになっていた。手にした握り飯をまた頬張り、

「ちょうどおあつらえだ。この分なら、雲さえ出なきゃ今宵は提燈なしでも歩けまさあ」

「そのようだな」

誠之介は仁助と肩をならべた。

人通りのまったく絶えた枝道を、茗荷谷町のほうへ向かう。誠之介が第二幕のいかなるかを問おうとすると、

「向こうのかみさん連中に頼まれて……、ほんと旦那って、いいお人でござんすねえ」

皮肉ではない。心底《しんそこ》からそう思っているように仁助は、歩を用心深く進めながら言った。

「うむ」

誠之介は応じた。弥市が市井《しせい》で暮らす道先案内人であれば、仁助も目に見え

ぬところを見せてくれる案内人のように思えてきているのだ。

「その重左って野郎ですがね」

仁助は歩を進めながら話しだした。

「以前はまったくの無頼で、もっとも、あっしも似たようなもんでございやしたがね。ですが、あの野郎は許せねえ」

「ほう、いかように」

「五年ほども前になりまさあ。ある商家で、番頭とそこの娘ができちまったと思ってくだせえ」

「いい話ではないか。商いを継ぐにも」

「そうはいきませんや。事情は知りやせんが、あるじが許さねえ。二人は思い悩み、そこへ番頭の顔見知りで、親身になった振りをして駆け落らをそそのかす野郎がいた」

「ふむ、それが重左か」

「さようで。二人は話に乗りやしてね、店の金を持ち出し重左の手引きで江戸を出やしてね。北の千住宿《せんじゆしゆく》を出たところで……」

番頭を殺害し、金を奪ったばかりか娘を千住宿の飯盛り女に売ってしまったという。飯盛り女とは、おもては宿の女中だが、夜な夜な客の添い寝をするのを稼業にしている。娘は首を括《くく》り、そのときの遺書から重左の犯行が発覚したらしい。

「許せん！　許せんぞっ」

誠之介は思わず強い口調で間合いを埋めた。

仁助は話をつづけた。治平たちを追っていたとき、仁助の念頭にはこの重左の顔が重なっていたのかもしれない。京風堂の件と似ているのだ。

「もちろんでさあ」

「すぐに捕まりやしてね。へえ、そのときあっしはすでにこの小石川で御用の筋を張っていやしたから、かわら版に出なくても八丁堀の旦那から聞いてよく知っていまさあ。そんな非道《ひ で》えことをする奴だから、罪状は一つや二つじゃありやせん。あっしらも裏を取るため、あちこち走ったもんでさあ。打首だけじゃなく、さらしの獄門台に送ってやろうと思いやしてね、ところが……」

小伝馬町《こでんまちょう》の牢屋敷で重左に目をかける同心がいて、二年で放免になったらしい。仁助ら数人の岡っ引が奔走したが、証拠はすべて隠滅されており、

「ありゃあ誰かが素早く手をまわしたとしか思えやせん。首を括った娘の遺書

も信憑性《しんぴょうせい》に疑問が出る始末でして……。放免後、すぐでしたよ。ある同心が重左に手札を渡し、てめえの御用聞きにしたのは」

「その同心がつまり、隠密廻りの田岡伊十郎だと？」

「さようで。それから田岡さまと重左が組んで闕所にした商家や女郎屋は数知れず、恒春屋の徳兵衛も目を付けられたってわけでやしょう。またお城の御金蔵に金が入り、お奉行さまもお喜びなさるって寸法でさあ。徳兵衛め、おなじ町に二軒もなどと考えなきゃ目立たなかったものを」

「ふむ、欲を出したからというわけか。それで、その隠密同心や重左が私腹を肥やすというのは？」

「そこですよ、許せねえのは」

仁助は進める歩に力を入れた。わずか三丁ばかりの距離である。二人の足は淡い月明かりのなか、すでに茗荷谷町へ近づいていた。

「おっ、あれは！」

仁助は言い出した話をとめ、足もとめた。

「ふむ。聞こえる」

誠之介もそれにつづき、耳を前方にかたむけた。

淡い月明かりのなかに……騒がしい。

「急ぎやしょう！」

「分かった！」

二人は走った。

町並みに人が出張り、揺れているのはなんと御用提燈だった。恒春屋の前である。事態は仁助の予測より一歩先を踏んでいるようだ。すでに一段落ついたのか、縄目を受けた者が六尺棒を持った捕方《とりかた》に小突《こづ》かれながら玄関口からゾロゾロと出てくるところだった。

「ほう、早いなあ」

誠之介が御用提燈のほうへ駆け寄ろうとしたのを、

「待ってくだせえ！」

仁助は袖を取った。

「どうして」

「手遅れです！」

物陰に引き入れた。仁助は声を低め、

「あっしの立場を分かってくだせえ。同業が踏んだヤマに立ち入るなんざ、あっしらの世界じゃご法度なんでさあ。ここはひとまず、ようすを見るだけに」

「そういうものか」

誠之介は低く応じ、物陰から目を凝らした。

いくつもの提燈の灯りに、住人たちの影のすき間から、引かれていく者の顔が見える。見世の若い者に混じり、あの浪人者も縄目を受けていた。逃がさずお縄にしたのは、よほどの不意打ちだったのだろう。玄関の引き戸は破られている。徳兵衛もいた。顔色までは見えないが、おそらく蒼白となっていることだろう。自分の身が取られてしまっては賄賂《まいない》の手を打つこともできない。それはまた、田岡伊十郎の意志か容赦はしない奉行所の強い姿勢を示すものでもあろうか。

「ふむ」

誠之介は頷いた。重左が野次馬たちに道を開けさせている。

「やい、恒春屋の旦那よう、ザマアねえぜ」

「重左の親分！　さっそくでありがたいよう」

「恩に着ますよー」

住人のなかから声が飛んでいる。

「まったく巧妙な野郎ですぜ」

その光景に仁助は吐き捨てるように呟き、

「あれですぜ、田岡伊十郎」

屋内から外の提燈の灯りの中に着物を尻端折《しりはしより》にし、白たすきに白はちまきで決めた同心が出てきた。

「早くしろ！」

田岡伊十郎は玄関口に振り返った。

数珠《じゅず》つなぎになった女たちが、裾を乱し捕方に引かれて出てきた。一人、二人……五人、いずれも顔を隠すようにうつむけ、いとも憐れに見える。

「女も番屋に引かれるのか」

「そりゃあ岡場所はご法度でやすからね。しかし途中まで、、、、でさあ」

声を殺した問いに仁助はみょうな答え方をし、人探しか喰い入るように女たちに目を凝らしている。その姿に誠之介はつぎの問いを出しかねた。仁助がわずかに身を陰から乗り出した。

「やっぱりいたか」

言うとあらためて身を隠すように物陰へ引いた。

「誰が」

「大塚仲町の住人で、亭主も子供もいる女房でさあ」

「え？　そんな女が春を……？」

誠之介が先を言いよどんだのへ仁助は、

「このヤマ、一幕と二幕は負けでさあ。ですが第三幕はこっちで演じさせても
らいやすぜ」

埋めるように物陰の闇に声を這《は》わせ、

「旦那！　やつらの手の内は見えてまさあ。あっしに策を立てさせておくんな
せえ」

誠之介は仁助がなにやらを決意したように感じ、

「ふむ」

応じた。

「ありがてえ、旦那。恩に着やすぜ」

仁助は決意に誠之介の助っ人を必要としているのか、闇の中で実際に両手を
誠之介に向かって合わせた。

恒春屋の前ではすでに引かれ者や重左も含め捕方たちの影はなく、住人たち

も散りはじめている。いずれも安堵したような風情に感じられる。恒春屋の玄関口にまだ灯りがあるのは、闕所にそなえて奉行所の小者が幾人か残っているのだろう。

「おい」

不意に仁助は、物陰の前を通りかかった住人の若い男を呼びとめた。恒春屋の前から来た男だ。家に帰るのであろう。一瞬ハッとし、

「俺だ。清水谷の仁助だ」

その声にホッとしたように立ちどまり、

「これは仁助の親分。恒春屋のことならもう終わりましたが」

「うるせえ。まだ終わっちゃいねえ。これも御用の筋だと思え」

茗荷谷町の住人に〝終わった〟と言われたのが癪《しゃく》に障《さわ》ったか、不機嫌な命令口調で仁助は、

「これからすぐだ。御簞笥町の煮売り屋へ走ってくんな。そこのお勢さんにいますぐ大塚町のみろく屋へ行くように言うんだ。そのとき手習い処の長押《なげし》の物を忘れぬように、と」

「手習い処の長押？」

「いいから。そう言やあ分かる。さあ、行くんだ」

「へえ」

男は弾かれたように薄月夜の枝道を走って行った。こうした間合の取り方に仁助は慣れているようだ。誠之介は頼もしく感じながらも、

「仁助さんよ。お勢さんをいまから？　それに長押の物とは槍である。お勢はその一言で気づくはずだ。

「旦那、今夜一晩だけでさあ。なにも言わねえであっしの策に……」

また手を合わせ、

「旦那はみろく屋さんでお勢さんを待ち、それからお二人で、ほれ、大塚仲町の街道から護国寺の門前に出るあの枝道でさあ。そこに曲がって音羽町の町並みへ入る少し手前をぶらぶらしていてくだせえ。あっしのほうから声をかけやすから。そうそう、提燈は持たねえようにしてくだせえ」

「ふむ。で、おまえさんは？」

「さっきも言ったでがしょ。向こうの手の内は分かってるって。向こうさんが隠密同心なら、こっちも隠密に……」

言うなり仁助はその場を走って離れ、すぐに薄月夜のなかに消えた。引かれ

者たちのあとを追ったのであろう。

人通りのない暗い枝道づたいに大塚町へ向かいながら、誠之介は心中に呟いていた。

「弥市もおもしろい男だが、あの仁助という岡っ引も……」

街道に出た。さすがにこの時刻、人通りは絶えている。

（四）

「ほう、仁助さんが隠密に……と。ならば儂《わし》はここで首尾を待つことにいたしましょう」

みろく屋の左兵衛は一緒に行きたそうに上げた腰をまた畳に戻した。左兵衛も茗荷谷の件は気になっていたと見え、不意に来た誠之介の話に一本眉毛のギヨロ目を見開き、お勢を迎え待つのに、

「おもてに提燈を」

丁稚に命じた。

待つあいだにも、

「ふむ、隠密同心が……」

と、誠之介の状況説明へしきりに相槌を入れていた。

おもてに足音が立った。下駄ではない。お勢は草鞋《わらじ》をきつく結んでいた。すでに夜とあっては、

「また修羅場ですかい。仁助さんが言いなすって秋葉さまが待っておいでだってんなら、仕方ありやせんや」

と、ぶら提燈を手に老爺《おやじ》が一緒についてきた。もちろんお勢は槍を忘れていない。老爺が〝修羅場《え》〟などと言ったのは、その槍のせいであろう。誠之介の槍は、道中用にと柄を八尺（およそ二・四米《メートル》）に切りつめてあり、女でもひょいと肩に担ぎやすい。だが昼間なら、町娘が槍を担ぎしょぼくれた老爺と一緒に歩いているなど、ずいぶん人目を引き訝《いぶか》られることであろう。

左兵衛は往還まで出て、

「ここから先は仁助さんの策だ。ついて行っちゃならねえ。おっと、提燈も持って帰りねえ」

煮売り屋の老爺を押しとどめた。

「秋葉さま！　お勢を危ねえ場には出さねえでくだせえよう」

「ははは。老爺さん、心得ておりますよ」

提燈を手に心配そうに言う老爺に誠之介は、これから槍を必要とする場へ行くとは思えないようなようすで応えた。もっとも、この闇の先にどんな場面が待ち構えているのか、誠之介自身もまだ想像がつかないのだ。それは左兵衛もおなじであった。すべては仁助の差配なのだ。

老爺に左兵衛、それにみろく屋の番頭が、薄月夜に遠ざかる誠之介とお勢を見送った。お勢はこれからどんな〝修羅場〟があるかも知れぬというのに、茗荷谷から遣《つか》いの者が来て〝長押の物〟と聞いたときからいそいそとしはじめていた。そのようすをいま、見送る左兵衛も感じ取っていた。実際にお勢は、暗い手習い処に上がり長押から槍を下ろすとき、夫の忘れ物を戦場へ届ける妻の心境になっていたのだ。

気候もよい薄月夜の街道に、

「誠之介さま、なんなりとお申しつけくださいまし」

武家言葉でお勢は槍を担いだ誠之介に寄り添った。肩が歩調に合わせ、ときおり触れ合う。

「うむ」

誠之介は返した。お勢をこれほど身近に感じるのは初めてである。さきほどから、

(お勢を必要とする現場とは一体どのような)

考えている。だが仁助と落ち合う場所が、隠密同心の田岡伊十郎を相手とするにも護国寺門前の音羽町の近くとは腑に落ちない。足は大塚仲町に差しかかり、護国寺門前への枝道に入った。家並みは消え、しばらく畑道となる。ゆるやかな起伏がある。動きのあるのは、風にときおり揺れる稲穂と樹々《さぎ》のざわめき、それに二人の影だけである。

「お勢、どう思う」

「えっ」

「いかなる舞台になるか」

「そ、それは」

二人は別のことを考えていたようである。

前方の視界に、ふたたび薄月夜に沈む家並みの影が入った。

「旦那、お勢さん。やっぱりでしたぜ」

不意に脇の木陰から影が歩み出てきた。

「仁助さん」

このあたりと思っていたものの、お勢は慌てたように誠之介から肩を離し、

「あたし、連絡を受けたとおりに」

仁助に言った。

「やっぱりとは?」

誠之介がつないだ。

「詳しく話しやす。足元に気をつけてくだせえ」

仁助は出てきた木陰を手で示し、先に立った。

「うむ」

誠之介は従い、お勢もつづいた。往還からいくぶん離れ、通る者がいても脇に人がいるなど気配も感じないであろう。

立ち話である。

「へい、話しやす」

思えばきょうの昼間より仁助が誠之介に落ち着いて事情を話すのは、これが初めてである。仁助は声を殺している。

「思ったとおりです。徳兵衛もあの用心棒も夜道を八丁堀の大番屋へ引かれて行きやした。おそらく江戸追放となりやしょう。徳兵衛の見世はすべて闕所となって田岡さまの御金蔵への貢献はまた増えるって寸法でさあ」

「女たちは？」

誠之介は問いを入れた。仁助は〝しかし途中まで〟と言ったのだ。その中に大塚仲町の女房がいたというのも気になる。

「重左の野郎ですがね、寺社奉行さまご支配の音羽町とも通じていやがるんでさあ。捕えた女たちを寺社地の岡場所に売り飛ばし、それが田岡さまと重左の実入りになるってわけでさあ。それがまた半端な額じゃねえ。タマによって違いやすが、一人あたま十両から三十両ってとこでさあ」

「ま、タマだなんて」

話を解したか、お勢がいきなり声を入れた。同性を品物扱いされたうえにタマなどと言われては収まらない。

「あ、これはお勢さんの前で失礼しやした。だが、それが現実なんでさ」

「おい。ちょっと待て」

誠之介も押さえた声をその場に這わせた。

「そりゃあ人身売買だぞ、ずっと以前からご法度になっている。……奉行所の同心と岡っ引がそれを破るとは許されんぞ」

なるほど幕府には御掟がある。人の売買を停止《ちょうじ》とし、お上の手で探索して見つけ出せば、

――売られたる者は、其身《そのみ》の心にまかすべし
布令を出したのは江戸開府のころである。それを誠之介は言っている。

「あはは。やはり秋葉さまはいまどき珍しい生真面目なお武家さんだ」

「それでいいんじゃありませんか」

お勢がまた反発気味に言う。

「守られておらんのか」

「さようで。だからこうしてあっしらが出張ってるんじゃありやせんか」

「なるほど」

誠之介は納得したように頷き、同時に、さっきから仁助の視線が往還の一点に絞られているのに気がついた。振り返るように、その視線を追った。護国寺の門前からの店舗《みせ》のながれがまばらとなり、その最後の一軒がポツリと建っている。誠之介はこの往還をすでに何度か通っているが、その建物をこれまで気

にとめたことはない。仏具や飲食の店舗でもなく、単なる家作で誰かが住んでいるのかもしれない。三人のたたずむ箇所から見つめるといっても、淡い月明かりでは、提燈を持った者が出入りすれば確認できるといった程度にしか見えない。さきほどから仁助が話す以外なにの動作も見せないのは、家作にその提燈の動きもなかったのであろう。少し前、灯りが一つ家作の前をゆらゆらと動いていたのは、音羽町から小石川界隈へ帰る酔客だったのだろう。何事もないように通り過ぎていった。この時刻、この道筋にはそうした灯りがときおり見られるのだ。

「さっきの女たちですがね」

仁助は話をもとに戻し、

「ほれ、あの家作にいま、押し込められているんでさあ」

視線の先を顎でしゃくった。

「えっ」

「ならば、早く助けないと」

お勢も視線を向けた。このあとの身の振り方を〝其身の心にまかす〟どころか、売られようとしているのである。

「それをどう救い出すかでさあ。前々から睨んでたんでさあ。場所を考えてみてくだせえ。あの家作は、寺社につながる地面か町奉行所の管轄かどっちともつかねえ。だから迂闊《うかつ》には手が出せねえので。ですが、以前からあそこに住み着いているのはどうやら、重左の息のかかったやつでしてね」

「で、そなたはさっきから何を待っておる」

「重左が戻って来るのをでさあ」

「どういうことだ」

「重左め。同心の一行と分かれると女たちをあそこへ引いてきて押し込め、それから音羽町のほうへ出かけたのでさあ。向こうの元締めの誰かと話をつけに行ったのですよ。これからそういうのを何人か連れて来やしょう。あの家作の中でこのあと競《せ》りを始めるって寸法で」

「競り？　競りですって！」

またお勢である。

「田岡とか申す隠密同心は承知しているのか」

誠之介が落ち着いた口調を入れた。

視界の先の家作に、まだ動きは見られない。庭はなく、玄関の板戸がすぐ往還に面している。

「もちろん、だからできるので。それに、気になるのはあの五人の中に町家の女房が一人いるってことで。やつらはその女まで競りにかけやすぜ」

「そ、そんならなおさら早く助けないと」

「そのとおりです。ですが、さきほども申し上げたでがしょ。あそこの地面は微妙でしてね、あとで問題にならぬよう、表面は何事もなかったように収めなきゃなりやせん。たとえ酔客があそこの前を通ってもです。派手に踏み込んでってわけにはいかねえので」

「ふむ」

「そ、そうだったのですか」

仁助の考えていることを、誠之介もお勢も解した。

「ならば、かかりやしょうか。重左が戻ってくるまで、まだいくらか間があるはずで」

しかし、何事もなかったように事を進めなければならない。三人のたたずむ場に緊張がながれた。仁助はさらに言った。

「あの家作の中に、重左の手の者が何人いるか分からねえので」

仁助は道筋の家作に据えていた視線をお勢に向けた。

「は、はい」

お勢は引きつった表情になり、槍を握っている誠之介の腕には力が入った。

薄明かりでの評定《ひょうじょう》は短かった。

（五）

薄月夜の木陰に立つ影は、二つになっている。仁助は低く早口に言った。

「田楽刺《でんがくざ》しにしてもいいですぜ。かえってそのほうが……」

「うむ」

誠之介は頷き、すぐお勢のあとにつづいた。お勢は家作に近づく。足に乱れがないのを確認し、誠之介は安堵を覚えた。誠之介が一緒なら、お勢は大船に乗った気でいられるのだろう。

仁助も家作から離れた往還に出て、路傍に身を沈めた。揺れる提燈がまた来れば、

「おっと、父《とっ》つぁん。御用の筋だ」

理由をつけ、しばし足止めにする算段である。

お勢は玄関の板戸の前に立った。ただの町娘なら、これほどの度胸は出せまい。かつて武家奉公だったのを、仁助は見込んだのであろう。誠之介は玄関脇に身を置いた。背を板壁に張りつけないのは、とっさの動きを考えてのことである。

板戸を叩き、お勢は声を絞った。

「もうし、重左の手の者でございます」

中も緊張の時を送っていたのか、すぐに反応はあった。

「えっ、重左親分の？」

女の声に安心を覚えたか、なにの警戒もなく板戸に音がし、開いた。手燭《てしょく》の灯りが外まで洩れる。

玄関口の三和土には女物の草履が散乱している。女たちは手荒く上へ追い立てられたのだろう。それを見ても驚かないお勢に、見張り番はさらに安心したようだ。

「ほう、見かけねえ顔だが」

「あの親分ねえ、いろいろ手づるをお持ちですから。あたしもその一人なの」

「おう、そうかい、そうかい。ま、中に入んねえな」

見張り番は三和土に身を引いた。すかさずお勢は、

「あら、ここの持ち場はお二人でしたか」

奥からもう一人出てきたのだ。重左の下っ引であろうか。いずれも遊び人風のようだ。

「そうよ。だからさっきからこの女たちが騒ぎ出さねえかと心配してんのさ。重左の親分には早く戻ってきて欲しいですぜ」

あとから出てきた男が三和土に散乱している草履を手で示した。

「で、親分からなにか言付けですかい」

最初の見張り番がつないだのへお勢は帯を勢いよく二度叩き、

「その前に、あたしを誰か尾《つ》けてきていないか、どちらかお一人さん、ちょいと外を見てくださいな」

二度の音は、見張り番は二人との外にいる誠之介への合図である。策というよりもお勢と誠之介の間には阿吽《あうん》の呼吸があった。二人の念頭に、つぎにとるべき行動は一致していた。

「おう、そうかい。姐《ねえ》さん」

最初の見張り番がなんの警戒心もないまま三和土に下りた。この誘い、男にはできない。

見張り番は首を外に出し
「べつに、なにも」

「もっとネ、よく見てくださぃナ」

いくぶん甘い声に、

「どれどれ」

数歩、往還に踏み出し、

「おっ！」

見張り番が黒い影に気づくのと同時だった。

「うぐっ」

呻きを上げた。腹に受けたのが槍の石突《いしづき》であっても宝蔵院流の免許皆伝とあってはたまらない。その場へよろよろと崩れ落ちた。悶絶《もんぜつ》である。

「どうした？」

中にいた見張り番の声にお勢は、

「あら、この人。なんだかおかしい」

「ん？　どれ」

二人目も三和土に下りるなり、

「うっ」

崩れ落ちた。外から槍の石突が送り込まれたのだ。誠之介はホッとした。見張りが五人も六人もいたのでは、二、三人は一突きで悶絶ではなく即死させねばならないところだった。仁助が茗荷谷を離れるとき、とっさに槍を口にしたのはこのためであったのだ。

「さ、お勢さん。早く！」

「あい！」

お勢は行灯《あんどん》の灯りが揺れる中へ走り込んだ。女たちは手足を縛られ、手拭で猿轡《さるぐつわ》をはめられていた。

「さ、みなさん！　もう安心ですよ」

お勢の手際はよかった。かつて武家奉公のとき、濡れ衣から似たような折檻を受けたことがあるのだ。

家作の玄関口に仁助が駆け寄ってきた。崩れ込んでいる見張り番たちに腰をかがめ、

「ほっ、まだ息が。旦那、お殺《や》りにならなかったのですね」

「まあな。与太には違いなかろうが、どれほどの悪党か分からぬゆえ」

田楽刺しで命まで奪うのは差し控えたのだ。

「もっともで」

仁助は顔を上げ、

「ですが、重左の野郎は！」

誠之介は無言で肯是《こうぜ》の頷きを返した。

「見逃してください！　ただ、あたしたち」

「恒春屋にいただけで！」

解き放たれた女たちが哀願するように走り出てきた。番屋でもないところに監禁され、すでに自分たちの身の上に勘づいているようだった。売られたとなれば年季など関係なくなり、一生飼い殺しとなるのだ。だから買い手は何十両もの大金を積むのである
「おう、おめえら安心しねえ」

仁助は立ち上がり、

「今夜はあんたら、大塚町のみろく屋さんの世話になりねえ」

「あ、あそこなら」

知っている者がいたのか、安心したような声を洩らした。

「さ、皆さん!」

お勢は女たちを急かした。

「は、はい」

「おねがい、お願いします!」

お勢を先頭に女の一群は大塚仲町の方向に走った。

「役人の手から、逆にわれらが守ってやらねばならぬとは」

「ま、そんなところで。さ、それよりも旦那。早いとこ」

仁助は女たちが縛られていた縄で見張り番たちを縛りはじめた。猿轡もはめた。

この間、通行人のいないのはさいわいだった。

女たちは淡い月明かりに急いでいる。そのなかに、さきほどからお勢は感じ取っていた。しきりに遅れようとする女がいる。お勢は立ちどまり、振り返った。仁助から言われていたのだ。お勢は声をかけた。

「このなかで、他所に寄る辺《よるべ》のある人はどうぞ、遠慮はいりませぬ。さあ」

「は、はい。あたし……」

さきほどから感じ取っていた女である。

「さあ。みろく屋さんへ急ぐ人、参りましょう」

お勢はきびすを返し、ふたたび歩を速めた。

「――そうした女が一人いるはずでさあ。そのときはお勢さん、その者の顔をジロジロ見たりしないでやってくだせえ」

仁助は言っていたのだ。その女が、おそらく大塚仲町の町家に住まう女房であろう。

進むなかに、

「あ、あの。あたしも」

もう一人いた。大塚仲町の女房と似た境遇の女なのだろう。といってもいか
なる境遇か、そこまでお勢は知らない。ともかくいまは、仁助の差配に従って
いるのだ。お勢とともにみろく屋へ向かう女は三人になった。

「重左の野郎、そろそろ何人か連れて戻ってくるころですぜ」

すべての灯りを消した家作の玄関である。仁助は言った。女たちが押し込め

られていた部屋では、二人の見張り番が身動きを奪われたまま横たわっている。さきほど蘇生《そせい》し、

「――てめえら、じたばたすんじゃねえ！」

「――うぐっ」

仁助に思いっきり脾腹《ひばら》を蹴られたばかりである。

「重左は、許せない……か」

「分かってくだせえ」

「うむ」

二人は押し殺した声で話している。息の根をとめるのは、重左一人……。

遠くに気配を感じたのだ。

「来やしたぜ」

「のようだな」

誠之介は外に出ると玄関の板戸から離れ、軒端《のきば》に身を張りつけるように息を殺した。その目に提燈の灯りが三つ四つ近づいてくるのが見える。中には仁助が待ち構えている。

重左を入れ、影は五つであった。近づいた。いずれも一癖も二癖もありそう

な風情である。声まで聞こえる。

「重左どん。こんどはいいタマがそろっているんだろうなあ。前のは擦《す》れたのばかりだったからねえ」

「へえ。こんどは素人の女もいまさあ。ご期待を」

「本当だろうねえ」

競りにかける声だ。

五人は軒端の影に気づかないまま玄関の前に立った。

「おう、戻ったぜ」

重左が声とともに板戸を引き開けた。

「どうしたい、灯《つ》りも点けねえで」

「あっ」

気づいたのは背後の旦那衆もほとんど同時だった。玄関の中から黒い影が飛び出るなり、

「ううっ」

重左に体当たりし、同時に呻き声を耳にした。旦那衆はとっさに呻きが重左であることを感じたか一斉に背後へ一歩跳び下がり身構えた。さすがに門前町

の旦那衆である。仁助は匕首《あいくち》を重左の脾腹に送り込んだものの、そのあとの目算は崩れた。

仁助はもう一突き、トドメを刺してから正体を知られぬまま旦那衆の脇を駈けて外の闇に入り込み、背後から誠之介が狼狽《ろうばい》する旦那衆の向こう脛《ずね》や首筋を打ち据え、しばしの身動きを奪い仁助のあとを追う算段だったのだ。

重左にトドメは刺した。だが旦那衆の一人が狼狽どころか、

「野郎！」

仁助に向かって匕首を抜いた。仁助は瞬時提燈の灯りから顔を隠すため一歩横っ飛びに跳ねた。なんと四人の旦那衆もそれに従って素早く動いた。だが、

「うぐっ」

その中の一人が呻いた。背後から心ノ臓に槍の穂先を受けたのだ。離れた場所から気配を感じさせないまま一突き——刀ではできない槍の妙技である。さらにもう一人、

「ううっ」

呻きとともに崩れ落ちた。残った二人がようやく背後に気配を感じ振り返った。同時に、

「うわっ」

「ぐえっ」

向こう脛と首筋に激痛を走らせその場にうずくまった。

誠之介と仁助は申し合わせたように玄関前を離れた。

月明かりは依然と淡い。

「仕方がなかったのだ、あの二人」

「へえ。あっしも、甘く見ておりやした」

畑道を横切り武家地を抜け、町家の往還に入っている。あとすこしで街道に出る。動いているのは、二人の影だけである。

「あとの始末は大丈夫か」

「ご心配ご無用に。おもてには出ませんや」

「えっ？　三人も殺《あや》めたのだぞ」

二人は歩を進めている。

「言ったでやしょう、あそこは微妙な地面だって。それに、おもてになって困るのは、奉行所の田岡伊十郎に音羽町の連中でさあ。双方がこうも思惑が一致した事件がおもてに出るわけありやせん。いまごろ死体はきれいにかたづけられ、残った音羽のお二人さん、お仲間が死んで縄張が増やせると喜んでいるかもしれませんや」

「ふむ。江戸とは、ますますみょうなところだなあ」

「へへ、旦那ア。旦那も、もうその中のお一人さんですぜ」

「……そう、そうなるのかのう」

誠之介はなかば肯是の返答を薄い月明かりに這わせた。

「おっと、街道ですぜ。みろく屋はすぐそこだ」

二人の足は街道に出た。大塚仲町である。大塚町は近い。槍も地面に影を落としている。

「うまく進んだようだな」

「はい。すぐに」

おもての戸を低く叩く音に左兵衛は頷き、番頭がすかさず玄関に立った。

みろく屋では煮売り屋の老爺も残り、お勢の帰りを待っていた。同道した女が三人であったことに、

「――そうか、二人もいたのですか。危ないところでした」

左兵衛は思わず胸を撫で下ろしたものだった。お勢には、その意味がまだよく飲み込めなかった。

誠之介と仁助がお勢とおなじ戸を叩いたとき、三人の女たちはすでにみろく屋の寄子として裏手の長屋に入り、女中たちの世話で虎口《ここう》を脱した身を休めていた。

奥の部屋で左兵衛はお勢とともに誠之介と仁助からあとの首尾を聞き、すべてを解したか、

「あしたあたり、その家作には〝貸家〟の札が貼られましょうかな」

ねぎらうように言った。

「まったく、危ないことを」

と、煮売り屋の老爺も同席している。

それよりも仁助は途中で抜けた女が二人だったことに、

「もう一人いたのか」

驚きと安堵の混じった声を上げ、

「一人はね、大塚仲町の裏店に住む大工の女房で、高源寺の門前じゃねえから

あっしの縄張でさあ」

行灯の淡い灯りが揺れるなかに、仁助は話しはじめた。

去年の冬場のことらしい。大工は風邪をこじらせたのが原因で寝込んでしまい、夏のはじめにかなり回復して仕事に出たものの体力がまだついていなかったか、屋根から落ちて足の骨を折り、また寝込んだうえに体調まで崩し、いまなお寝込んでいるらしい。もう半年以上も収入は途絶え、薬湯など出費が嵩《かさ》むばかりとなっていたのだ。

「そのうえ、二つと四つになる男の子がいやしてね。女房が喰うために、つまりその、ちょいと働きに出たのでさあ。それが、どこでどうツテを頼ったか知りやせんが、徳兵衛のところでしてね。秋葉の旦那から茗荷谷の話を聞いたとき、危ねえと思ったのでさあ。案の定でやした。重左《の》の持った縄目の先に、その女房がいやがった。……そうですかい。そういう女がまだいやしたので」

仁助は言うとフーッと大きく息をついだ。

その間合いを、

「危ねえところでやしたねえ」

ため息をつくように煮売り屋の老爺が埋め、

「それじゃあたし、あの人たちを」

「そう。救いなすったのさ」

ようやく、顔を確かめるなと言った仁助の言葉を解したお勢に、左兵衛が一本眉毛の目を細めた。助け出さなければ、町家の女房が病気の亭主と幼子二人を長屋に残したまま売られ、場所が目と鼻の先というのに消息を絶ち、やがてはさらに遠くへ転売されることになっていただろう。

「あそこの男たち、みんな死んでしまえばよかったのですよ」

「これこれ」

吐き捨てるようにつづけたお勢を、老爺はたしなめた。

「さあ、これで第三幕は終わりやした。老爺さん、この時刻だ。御簞笥町まであっしが付き合いますぜ」

仁助は腰を上げた。深夜でも、岡っ引の仁助が一緒なら夜回りの木戸番人と出会っても怪しまれることはない。

見送りの玄関口で、左兵衛が仁助にそっと言った。

「女たちネ、二、三日のうちにどこか茶屋奉公の口でも找《さが》しておきましょう」

「へえ、よろしゅう」

仁助は頭をペコリと下げていた。

人通りもなく静まり返った街道は、昼間より広く感じる。誠之介と仁助、それにお勢と老爺がみろく屋の提燈を手にしている。

「あの女たち三人、このあと、大丈夫なのか」

「このあとって？　あぁ、みろく屋さんが恒春屋のようなところを世話しなさるはずありやせんが、そのあと、あの女《ひと》らが元の稼業に戻るかどうかは当人しだいでさあ。なかには、戻らねばならねえ事情をかかえてる女だっていやしょうし。おっと、そこから先はあっしらの分野じゃありやせんや」

「ふむ。そういう世界もあるのかのう」

「そんなのばかりじゃありません」

誠之介が仁助に応じたのへ、お勢の手の提燈が大きく揺れた。

煮売り屋の前でお勢の持つ提燈は誠之介の手に移った。

枝道に誠之介は仁助と二人になった。

「仁助さんよ」

誠之介はあらたまった口調をつくり、

「おぬし、さきほどみろく屋で第三幕は終わったと言っていたが」

「へえ、言いやした」

「まだ四幕目が残っているのではないのか」

「えっ？　あゝ、それ」

仁助は返し、

「おっと、旦那。もうそこを曲がれば手習い処ですぜ」

話をはぐらかした。実際、手習い処はすぐそこであった。

（六）

朝、玄関にはいつものとおり、手習い子の声が満ちる。

「どうだ、おまえの町に変わったところはないか」

茗荷谷町の蕎麦屋の息子に誠之介はそれとなく訊いた。

「はい、お師匠。なんだか知らないけど、おっ母さんがこれで町はきれいになるって。朝、いつもおもての道は掃除してるのにねえ」

息子は言っていた。

昨夜、ぶら提燈を襖《ふすま》にはさみ、長押に戻した槍を見つめ、

「——したが、許せんぞ」

呟いたものである。

昼八ツの鐘が町に響き、十二畳部屋に手習い子たちの歓声が上がったとき、それを最も待っていたのは誠之介かもしれない。部屋からも玄関からも潮の引くのを待ち、ふたたび長押の槍に視線を投げた。その穂先が昨夜、二人の命を奪い仁助の匕首は重左を葬《ほうむ》ったのだ。

(悪徳掃除だ)

胸中に肯是し、

「したが……」

また呟いた。きのうの夜、みろく屋を出たときからそうであった。すっきりしないのだ。胸に痞《つか》えが一つ、残っている。

槍から視線をはずし、

(こちらから……)

玄関の板敷きに出た。

「おや、旦那。お出かけですかい」

その玄関口をふさいだのは、仁助であった。これから訪《たず》ねようとしていたところだったのだ。

「ほうっ、来たか」

誠之介は上がれと十二畳部屋を手で示した。

「へい、お言葉に甘えさせてもらいやす」

仁助はもう草履を脱いでいた。

文机をはさみ、座りながら仁助は言った。

「行って来やした。きのうのあの家作」

期待した言葉ではなかったが、

「ほう」

誠之介は身を乗り出した。

「やつら手際のいいことで、やはり貼ってありやした。貸家の張り紙でさあ」

「ほかには？」

「ご懸念なしに。玄関前に血など一滴も……。夜中のうちに若い者《の》を出してさっさと始末したのでしょう、もちろん死体もろとも。護国寺の参拝を装《よそお》って音羽の通りもながしてみましたがね」

「どうだった」

誠之介は身を乗り出したままである。

「へへ、なんにもありゃしやせん。ま、込み入った探りは入れられやせんが、ともかくきょうはきのうのつづき、あしたもまたきょうのつづきでさあ。あその人ら、町に波風の立つのを最も嫌うものでして、早々の貸家の張り紙ものためで、護国寺さんのお札より効果はありまさあね」

「寺社のお札よりもか。ますますもって、摩訶《まか》不思議な世界だのう」

誠之介は上体をもとに戻し、

「したが、そなた……それでよいのか」

仁助の薄い眉毛の顔を凝視した。

「えっ?」

仁助はしばらく考える振りをし、

「あはは、よしてくだせえ。向こうは隠密同心ですぜ。そんなのを殺《や》ってみなせえ。奉行所が総がかりで探索を始めまさあ。くわばら、くわばら」

首をすくめながら、視線をチラと長押の槍に向けたのを、誠之介は見逃さなかった。口では昨夜に引きつづき話をはぐらかそうとするが、

（やはりこの者も痞えるものがあり……だから、自分のほうから来た）

誠之介は踏んだ。当たっていた。

「ただね」

仁助は言い出したのだ。誠之介はふたたび身を乗り出した。

「方法は……ま、ないことはないのですが。……ただし、一つだけ」

「いかなる」

「お開けなさいますか……第四幕を」

「ふむ。そなたの策、聞こうか」

文机の上に、二人は額を寄せ合った。


「どうもおかしい。旦那、なにかあったのですかい」

と、弥市が戻ってきたのは翌日、陽が西の空へかたむいた時分だった。中間姿のまま手習い処へ顔を出す前に、おもての煮売り屋へ寄ってきたようだ。

「お勢さんめ。あっしの顔を見るなりニヤニヤ嗤《わら》いやがって〝アンタ、誠之介サマのお中間を気取っているワリには、この間、どこへ行ってたのサ〟などとぬかしやがるんでさあ」

十二畳部屋で身振り手振りをまじえて言うと、いきなり真剣な顔をつくり、

「この間て、あっしがここを留守にしてたときでやしょ。その間になにかあったのですかい。ねえ旦那ア」

書見台《しょけんだい》に向かっている誠之介に身を乗り出した。

「ほう、おまえもなかなか勘が鋭いのう」

「えっ、やっぱり。なにかあったんですね」

「あった。もとはと言えば、おまえがもってきた一件だ。話さざるを得まい」

誠之介は顔だけでなく、体ごと弥市のほうに向けた。きのう仁助の語った策によれば、第四幕では永代橋のとき以上に弥市の手が必要なのだ。昨夜の一件を、誠之介はお勢の度胸から槍や仁助の匕首さばきまで詳しく語った。

「へーえ、お勢さん。やりなさるねえ。で、その三人の姐さんがた、まだみろく屋さんの人宿《ひとやど》に？　いえ、ハハ、これはまあ、冗談でさあ。それよりも仁助さんの言うとおりでさあ。そいつはおもてにゃ出ませんや」

と、さすがに遊び人でもある弥市は飲み込みが早かった。

「で、第四幕とかであっしの役目はなんですかい。また槍持？　それとも騒ぎ役で？　お勢さんめ、ちょいといい役をやったからっていい気になりやがって。

へい、へい、やりやすぜ、なんでも」

「役どころはおまえが帰ったところで、もう一度仁助さんと詳しく練らねばならぬ。行くか」

「えっ、いまから！」

弥市はもう腰を上げていた。


二日後の朝である。

弥市の姿は北町奉行所の正門前にあった。

「――今月はちょうど北町が月番で、出仕しているはずです」

仁助は言ったのだ。

「えー、田岡伊十郎さまへ。重左さんと音羽町とのつなぎをやっていた者が来たとお言付けくださいまし」

紺看板に梵天帯のキチリと決まった者が言う口上に、門番はなんら訝《いぶか》ることなく隠密同心部屋に取り次いだ。伊十郎はすぐに出てきて、初対面なのに素早く弥市を正門の脇にいざなった。〝つなぎをやっている〟ではなく、〝やっていた〟との口上が効いたようだ。仁助が指示したとおりの口上である。過去の表現をしたのは、おもてには出なかった重左の死を知っていることを意味する。伊十郎は音羽の内部までは詳しく把握しているわけではなく、五人の女たちが仕掛け人も分からないまま忽然《こつぜん》と消えたことに不気味さを感じていたのだ。

「女たちの行方について、是非とも田岡さまのご助力を得たい、と音羽町の元締たちは申しております。それに重左の親分を通さなくとも、向後よしなに願いたい、と」

まさしく渡りに舟であり、ますます伊十郎は信じた。ただ一点、

「町家のつなぎの者が、なぜ武家屋敷の中間なのか」

「へへ、田岡さま。あっしが遊び人の格好で来たんじゃ、そちらがお困りになるんじゃありやせんかい」

隠密同心ならではであろう。弥市が言葉を崩したのまで納得し、示された場所が町奉行所の支配違いのところであることにも、なんらの疑念をはさむことなく、

「相分かった」

田岡伊十郎は大きく頷いた。

その約束の日とは、今宵なのである。

（なるほど、仁助親分は隠密同心の心理をよくつかんでいるものだわい）

思いながら弥市は小石川へ戻った。

「へっへっへ。首尾はよろしゅうござんすぜ」

御箪笥町の手習い処と清水谷の小間物屋に報告したのは、陽がまだ中天にかかる前だった。

待ち遠しい。

ようやく太陽が西の空に沈みかけた。誠之介と弥市に仁助はすでに小石川を出ている。弥市は遊び人風の着流しで、誠之介は袴を着け二本差しに塗り笠で儒者髷を隠し、気さくな武家の出で立ちである。槍は持っていない。柄を八尺に切りつめているとはいえ、飲み屋の立ちならぶ枝道が動きの場とあっては、やはり刀のほうが振るいやすい。

陽が落ちた。仁助の姿は音羽九丁目のはずれにあった。音羽の通りは護国寺の山門から南へ十丁（およそ一粁《キロ》）ほどにわたって伸び、一丁目から九丁目に区分けされ、両脇には茶屋や料理屋をはじめ、蠟燭《ろうそく》、仏具、石材、衣料などの暖簾がずらりとはためいている。

この時刻、往来に人影が減るのではなく、昼間の参詣客と門前町での遊び客とが入れ替わる。仁助は物陰から通りの入り口となる九丁目の人のながれに目を凝らしている。

来た。職人姿で小銀杏《こいちょう》の同心髷を手拭の頬被《ほおかぶ》りで隠している。変装をしても仁助には見分けがつく。細長い菰包《こもづつ》みを左小脇に抱えているのは刀であろう。仁助の潜んでいる路地の前を通り過ぎた。しばらくようすを見ていたが、小者を従えているようすはなかった。田岡伊十郎は一人で来ている。

「ふーっ」

仁助は安堵の息をついた。きょうの自分の役どころは終わったのだ。田岡伊十郎が配下の者を連れていたなら、それに対処するのが仁助の役割だった。仁助にしては、寺社につながる音羽町で派手に動けば命が危うくなるばかりか、支配違いで自分一人の問題ではなくなる。まずは一安心である。

伊十郎は広い音羽の通りを山門前のほうへゆっくりと歩いている。八丁目、七丁目と過ぎるにしたがい人の影は増え、それぞれの店舗《みせ》が客を呼び込む声も派手になってくる。

四丁目のあたりで、左手の枝道に入った。すでにあたりは薄暗くなりかけている。枝道でもすでに茶屋など飲食の店舗が提燈を出しており、奥に入るにしたがってそれらは水茶屋や出合茶屋に変わり、さらに路地に入れば雑然とした飲み屋の提燈が揺れている。そうした路地の一本に、職人姿の伊十郎はなんのためらいもなく入った。

「御免よ」

頭を提燈にぶつけないように避け、暖簾を分けた。土間に縁台が二つばかり置かれているだけで、飯台《はんだい》はない。御箪笥町の煮売り屋よりまだ小ぢんまりとしている。先客はいなかった。

「おう、父つぁん。ここで人と待ち合わせているのだ。軽く一本つけてもらおうかい。肴《さかな》は適当に見つくろってくんな」

「へーい、鮒《ふな》の煮込みがありやすが、試してみますかい」

「おう、頼まあ」

さすがに隠密同心であり、職人言葉も堂に入っている。

こうした店舗では、御箪笥町の煮売り屋もそうだが、腰高障子で通りとの仕切りはあるが客を待たせないのが売りの一つになっている。

さっそくチビリチビリとやりだした。

その路地に入り、腰高障子のすき間からチラと中をのぞいたのは弥市である。

すぐ枝道のほうへ出て、

「へへ、旦那。おあつらえでさあ。ほかに客はいやせんぜ。仁助さんからも伊十郎は一人との連絡が入ってますし。それに刀は菰《こも》にくるんで小脇に……」

「うむ」

軒行灯《のきあんどん》や提燈の灯りばかりとなった往還で、誠之介は塗り笠をかぶったまま頷いた。状況は圧倒的に有利となる。

「お侍さん、うちで一杯いかがです？」

「へへ、姐さん。またな」

脇からかかった声に弥市が返し、さきほどの路地にまた入った。誠之介はその場を離れ、枝道の奥に向かった。灯りの数はしだいに少なくなり、人通りもまばらとなる。その先は昼間でも人通りのないまったくの裏道となり、片側には畑が広がっている。

路地の飲み屋では、

「お待たせを」

弥市が声をかけ腰高障子を引き開けた。

「おう、遅かったじゃないか。こんなところで待ち合わせてよ」

「へい。他所で皆さん、お待ちいたしておりやす」

朝方とは違い、遊び人風体の弥市に伊十郎は得心したように頷き、細長い菰包みを小脇に立ち上がった。

「あ、ここのお代金のほうは、申しわけありやせん。向こうにいい場所を用意しておりやすので」

「そうかい」

いい場所と聞いて伊十郎は嫌な顔をせず、

「亭主、いくらだい」

と、五十文ばかりの代金を払い、弥市につづいた。この間、弥市は暖簾を利用し巧みに飲み屋のおやじから顔を隠していた。

路地から枝道に出た。

「へい。こちらでござんす」

弥市は職人姿の伊十郎に腰を折り、枝道の奥のほうへいざなった。職人と遊び人なら、提燈の脇から声もかからない。

「いい場所って、こんなほうに本当にあるのか」

「へい。こんなほうだから、いい場所なんでさあ」

灯りがまばらになり、人影もなくなりはじめている。

「おい、本当にこっちでいいのか」

足の先はもう建物のない闇である。

「おい」

またかけた伊十郎の声に弥市は返した。刀は菰包みで左小脇に抱えている。抜き打ちをかけられる心配はない。

「旦那、許せねえんでさ」

「なに？」

「奉行所を笠に阿漕《あこぎ》な真似をしやがってよ」

「なんだと！」

伊十郎は歩をとめた。

「へへ。これまで幾人の女の人生を奪い、いくら稼ぎやがったい。それを思やあ生かしちゃおけねえんだよ」

「おまえ、いったい！」

伊十郎は左小脇の菰包みに右手をかけた。

「おっ、抜きやがるのかい！」

弥市は闇の中へ一歩飛び退いた。機敏な動作である。伊十郎の手が追うように鞘走《さやばし》ろうとし、

「うっ」

動きをとめた。前方の闇から人影が滲《にじ》み出てきたのに気がついたのだ。影の動きはさらに機敏だった。瞬時に近づくなり弥市と伊十郎は刀の鞘走る音を聞き、影が二人の間を駈け抜けると同時に、

――バサッ
肉を斬る音だった。つぎの刹那《せつな》、かすかな血の臭いとともに、

「ううっ」

伊十郎の身が揺らぎ、その場に崩れ落ちた。

「旦那！」

「行くぞ！」

「へいっ」

二つの影は畑道のほうに消え、それぞれ筋を一本違えた枝道からおもての音羽通りに出た。提燈や玄関口の灯りに暖簾が浮かび、ほとんど遊び客のながれ

となった往還に、女たちが競うように呼び込みの声を投げかけている。そのながれに、

「旦那」

「うむ」

誠之介と弥市はさりげなく肩をならべた。歩はゆっくりと一丁目のほうに向かっている。遊び人が粋な侍を遊び場に案内している風情である。

一丁目の突き当たりは丁字路となり、その広場のような往還には屋台が立ちならび、右手の東方向に進めば往還はしだいに狭くなってやがて建物もまばらとなり、その先はゆるやかな起伏とともに小石川の街道にながれている。

「旦那。明るいところで見たいもんですねえ、旦那の素《す》っ刃《ぱ》抜きを」

「さようか」

広場のような往還は過ぎ、人通りもなくなり両脇の建物もまばらとなって畑が広がりはじめている。

前方に提燈の灯りが揺らいだ。仁助である。待っていたのだ。悠然と歩を踏む二人のようすから、仁助は訊かずとも首尾のようすを悟った。田岡伊十郎の惨殺体が発見されるのは明日、東の空が明るくなってからになろうか。音羽町

の者が、何事もなかったように処理するであろう。だが、職人の半纏《はんてん》に小銀杏の同心髷の組み合わせが不思議を呼び、

——えっ、ひょっとしたら隠密同心？

いくらか噂になるかもしれない。しかし、そこが寺社奉行の支配地とあっては町奉行所が手を出すことはできず、やがて噂は風化しよう。

提燈一つの灯りに、三人の足はあの家作の前に来た。

「へへ、ここでござんすね。貸家になってるってえのは」

「まあ、そうだ」

弥市が言ったのへ仁助は応え、

「秋葉の旦那も弥市どんも、田岡伊十郎のような同心をすべてだと思わねえでくだせえ。ほんの一部なんで」

八丁堀の同心たちを弁護するように言った。

「そうであろう、そうであろうとも」

提燈一つの灯りに歩を進めながら、誠之介の胸には仁助の言葉が榊原家十五万石の奥向きにかぶさっていた。先代政岑《まさみね》公の寵臣は、それこそ藩全体のほんの一部でしかなかった。しかし、その一部のために藩は存亡の瀬戸際に立たさ

れ、雪深い越後の高田へ国替えとなったのだ。

「許せん！」

「そう、許せませんや。おかげであっしも、胸の痞えが下りやした」

仁助がつないだ。

「へっへっへ」

弥市はお勢に匹敵する役割を演じたせいか、得意そうに歩を踏んでいる。

三人の足は小石川の街道に入った。


暗い街道を御簞笥町に戻ったのは、あの家作のときよりは早いものの、煮売り屋の灯りはとっくに消えている。誠之介は裏店への路地の前でなおも満足げな弥市と別れ、十二畳部屋で提燈の火を行灯に移した。

(この一連のこと……おもてには出ない。だから……おとなしくしていたのとおなじこと)

理屈ではない。それが、お江戸の仕組みのように思えてきているのだ。

同時に、

——おとなしゅうしてくれているかな

明日にでもまた吉沢秀太郎がフラリと来そうな気がした。

――おぬしにも刺客の手が伸びそうだぞ

言うかもしれない

おなじころ、仁助は左兵衛と一献《いっこん》かたむけていた。仁助は報告がてら、みろく屋に立ち寄っていたのだ。

左兵衛は奥の部屋でお猪口《ちょこ》を口に運び、

「秋葉さまがこの町にいらしてから、小石川どころかお江戸の掃除までできるようになりましたなあ」

「さようで。大したお方でございます」

「ハアックション」

弥市が裏店の煎餅《せんべい》布団の上で、大きなくしゃみをした。

（了）

あとがき

性分なのか、つい自制しきれなかったばかりに境遇に大きな変化を来たしてしまった。いつの時代にもそうした人物はいようが、それがまた本編主人公の秋葉誠之介でもある。といっても、堪《こら》え性がないといった類《たぐい》ではない。許せないものは許せない。その念が人一倍強かった。そのうえ宝蔵院流槍術《そうじゅつ》の免許皆伝で素《す》っ刃《ぱ》抜きの達人とあれば、誠之介の日々がどこに暮らそうと波風の起《た》つのは自然かもしれない。起った波風に理不尽があれば、その根源を絶とうとみずからも起つ。それが誠之介の性分なのだ。

誠之介が仕えた榊原家十五万石は、藩主の政岑《まさみね》公が吉宗《よしむね》将軍の勤倹厳粛の政道に逆らって驕奢淫靡《きょうしゃいんび》に走り、瀬戸内の播州姫路藩から雪深い越後高田藩へ国替えとなった。そこに誠之介の〝許せない〟は発揮されたのだ。境遇の大きな変化とは、脱藩のうえ江戸での浪人生活であった。

第一話の「果し合い」は、旗本の理不尽に一矢報いようとする中間《ちゅうげん》岩太に、大罪は犯させまいと奔走する。

　だが一方、誠之介が脱藩者であってみれば、理由の如何《いかん》を問わず潘から上意討ちの刺客が繰り出されても不思議はない。小石川で目立った存在となる誠之介が、榊原家の内紛に新たな台風の目にならないかと懸念する江戸詰め藩士がいた。藩主の腰物方《こしものがた》吉沢秀太郎である。秀太郎は誠之介に目立たぬよう「静かに」しておられよと直接苦言を呈するべく小石川を訪れる。

　そこから第二話の「待伏せ」は始まるが、誠之介の許に通う手習い子の母親が駆け落ちしたとなれば、やはりこれも放っておくわけにはいかない。左兵衛が動き仁助が探索するなかに、背後に重大な事件が潜んでいる気配が明らかになる。その過程に、誠之介はあらためて町衆の智恵に感心の声を洩らすことになる。

　第三話の「襲撃」は町家に発生した事件ではなく、榊原家の内紛が起こしたものだった。しかも波風を避けようとする吉沢秀太郎が小石川の手習い処に持ち込み、誠之介が巻き込まれる形となる。また、このなかで政岑を能好きの放《ほう》蕩者《とうもの》であったように描いたが、これは高尾太夫の身請けと同様、史実に基づいたものである。政岑はとくに土佐節の浄瑠璃を得意とし、家来などによく語って聞かせ、放蕩は極度の能好きから始まったとも見られている。越後の高田に転封されてからもその性癖《せいへき》はやまず、村々から石高割で見物人を出させ、文中にも示したとおり村人らは銭《ぜに》と弁当で身替わりの見物人を出し、作り倒れの野《の》良者《らもの》や町場のドラ打ちどもがけっこう小銭を稼いだという、落語にもない珍事が見られた一時期があった。それら領民以上に、家臣たちは困惑したであろうことが想像される。

第四話の「悪徳掃除」で話はふたたび町家に戻る。またそれは、江戸時代の複雑に入り組んだ行政の理不尽さが背景にあった。この点は第二話に出てくる梅次郎と似ており、現在《いま》の世でも役所の管轄違いや縄張意識は市民にとって迷惑なものだが、江戸時代は支配違いというものがさらに五月蠅《うるさ》く、悪党どもはそこを巧みに利用した。

ちなみに、これじゃまずいと寺社門前の地が寺社奉行から町奉行の管掌《かんしょう》に移行したのは、この物語が展開している寛保《かんぽう》元年（一七四一）より四年後の延享《えんきょう》二年（一七四五）のことである。だが、長年にわたって醸成された門前町での勝手支配は根深く、支配移行後も町奉行所の役人が容易に手入れできない状態はつづいた。

このように事件のたびに町衆の誠之介への信頼は深まるが、一方において榊原家の内紛もまた高まりを見せ、誠之介の近辺はますます慌しくなろうとしている。読者の方々には、その境遇に立ち向かおうとする誠之介へのご声援を切にお願いしたい次第である。

平成二十一年　春

喜安幸夫

隠《かく》れ浪人事件控《ろうにんじけんひかえ》　悪徳掃除《あくとくそうじ》

喜安幸夫《きやすゆきお》

学研M文庫

2009年4月28日　初版発行

●

発行人——大沢広彰

発行所——株式会社学習研究社

〒141-8510　東京都品川区西五反田2-11-8

印刷・製本—中央精版印刷株式会社

き-10-6